# 異彩紛呈

## 大陸新時期女性小說賞讀

陳碧月　著

# 自序

　　這是一本由發表於學術期刊的十一篇論文，集結而來的論文集。

　　這幾篇論文的寫就發表，要感謝我的恩師政治大學的唐翼明教授在答應指導我的博士論文時，嚴格要求我要多發表論文。老師有一段坎坷的求學歷程，這對於資質愚鈍但卻幸運的我，一直藉以警惕自勵。不積跬步、小流，便無法至千里、成江海，這幾篇論文便是在老師給我有形與無形的壓力和影響中所產生的。還有，記得博士論文口審時，中央大學的康來新教授，對於女性文學的議題，提供許多寶貴的研究方向，影響我日後對女性文學的關注與思考。對於老師們的提攜之感謝，實難以用筆墨形容於萬一，我想，我只能繼續努力。

　　在此要特別提出來的是，為了讀者在閱讀論文前先認識大陸作家，在論文前另有作者簡介，但為保留原本論文發表的原貌，文中關於作者的介紹可能多少有所重複。

　　本書附錄〈從現實處境看五四時期女性婚戀小說中的女性〉一文，是為提供讀者或研究者，可以瞭解中國女性文學女性意識

第一次覺醒的「五四時期」的大概，及其與半世紀後的第二次女性意識覺醒的「新時期」的女性小說有何聯繫、傳承與價值地位。

　　歲月沉澱而來的，是智慧的積累；生命沉潛而來的，則是無限開發的延續。因為渴望用心「存在」，所以，努力學習讓萬物靜觀皆可自得。

　　謹以此書獻給最愛我的雙親。

陳碧月　於台北城

2007 年 8 月

作者簡介

# 陳碧月

學歷：中國文化大學中國文學研究所博士

現職：實踐大學專任副教授、

　　　國立台灣科技大學、空中大學兼任副教授

經歷：曾任教於中國文化大學

著作：《小說選讀》、《大陸女性婚戀小說——五四時期與新時期的女性意識書寫》、《小說創作的方法與技巧》、《文學與人生——此情無計可消除》及《小說欣賞入門》等書。

論文：發表〈淺談兩岸女性的愛情小說〉、〈林海音小說的女性意識〉、〈兩岸小說：呂秀蓮〈這三個女人〉和張潔〈方舟〉〉、〈曹麗娟《童女之舞》的同志情愛書寫〉、〈論大陸女作家池莉的小說特色〉、〈八十年代兩岸女性小說之比較〉、〈上海・女性・情慾取向——以《上海寶貝》和《夜上海》為例〉、〈女性書寫——陳染小說的藝術風景〉等五十餘篇論文。

# 目錄

# 韋君宜

（一九一七～）

　　來自「解放區」的韋君宜，是個使命感極強的資深作家，她特別關注女性解放的問題。

　　韋君宜於一九三五年曾參加「一二九」學生運動，成為中國共產黨黨員；一九三八年奉派到宜昌做地下工作，成為職業革命者；之後還當過編輯、記者、教員、黨校幹事、區委領導。雖然早年追隨革命，但她一直對文學情有獨鍾，三十年代便開始文學創作，至八十年代又重新活躍起來。

　　「四人幫」倒台後，她不但積極再版一批老作家的作品，而且幫助青年作家有機會在文壇嶄露頭角。這一位參加革命多年的老幹部，堅持寫自己熟悉的生活，並以身為女性的情感，把豐富的人生經歷，灌注在她的小說當中，表達了她對人民命運的深切關注。

# 從大陸新時期女性小說〈飛灰〉、〈心祭〉
# 和〈楓林晚〉看寡婦的黃昏之戀

　　「愛情」是中外文學中歷久彌新的主題，不管是情竇初開的初戀，成熟的中年戀情，還是彌足珍貴的黃昏之戀，都是可歌可泣的。

　　十年動亂中，林彪、「四人幫」控制文壇，愛情題材成為文學的「禁區」，那時的文學被稱為「無情文學」。然而，愛情描寫，一直是文學中人性表現的一個重要內容，所以，當「四人幫」被粉碎後，無情文學很快地被有情文學所取代。描寫愛情的主題在新時期的小說創作中獲得了應有的地位後，反映愛情生活的作品日漸增多，「也隨即湧起了一股以愛情為題來探索人的自然本性的熱潮。」[1]

　　愛情，是人類的基本需求之一，它是具有自然本性的。當我們在評價任何一部愛情小說時，都應該把國家的歷史文化背景與社會生活給考慮進去，因為在愛情這個極其敏感又複雜的領域中，是具有社會屬性的，它在實際生活中「往往擺脫不了諸如政治上的、道德上的、宗教上的種種糾葛」。[2]

---

[1]　黃政樞：《新時期小說的美學特徵》，（南京：南京大學出版社，一九九一年二月），頁 193。
[2]　同前註，頁 195。

　　盛英在〈愛的權利、理想、困惑——試論新時期女作家的愛情文學〉中提到:「愛情,從整體性去考察,它確實既是社會的又是自然的,既是心理的又是生理的,既是理性的又是非理性的。」[3]但是本文所要探討的前兩篇小說——韋君宜的〈飛灰〉和問彬的〈心祭〉,卻是一種偏離軌道的愛情——它在社會因素的約制下扼殺了「自然的」本性,它所要求的僅僅只是「心理的」,卻又因現實壓力,造成過於「理性」,遲來的幸福終於還是被埋葬了;而航鷹的〈楓林晚〉則是差點也造成悲劇結局。

## 一、兩性情感認知差異的黃昏之戀——〈飛灰〉

　　韋君宜的〈飛灰〉寫的兩位已婚的科學家陳植和嚴芬,中年相知相惜,陳植為了雙方的家庭、事業和聲譽,提出結束愛情的要求;嚴芬默認了陳植的決定,忍痛埋葬愛情,即使在雙方的配偶相繼過世,他們仍然因為一些個人與社會因素無法結合,嚴芬終於還是葬身在這場黃昏之戀中。

　　嚴芬臨終留下一封信給陳植,道盡他對這段戀情的愛恨交織。

> 別人說,做「第三者」是可恥的。但從內心說,我作為一個有人格的人,永遠為我這愛情感到驕傲,不覺得羞愧。我和你是在同甘共苦中產生的感情。我們兩個一起挨批鬥,一塊串口供,一起在你那小小的臥室兼書房裡發牢騷……我們越

---

[3]　盛英:〈愛的權利、理想、困惑——試論新時期女作家的愛情文學〉,(《中國現代、當代文學研究》,一九八七年三月),頁 153。

> 談越深，從談科學到談政治，從談黨的傳統到談民主……互
> 相交了心。……這種無話不談的親密無間，使我倆都覺得世
> 界上沒有比我們更相親相近的人了，於是我們互相吸引了。[4]

作者有意讚揚志同道合的愛情，這無疑標誌著愛情觀與婚姻觀的一大進步。婚姻的幸福已不再是門當戶對或郎才女貌，而是建立在志趣相投的基礎上。

他們兩人的另一半在夫妻關係上都沒有什麼對不起他們的地方，但是，嚴芬說：「那不是那種性命相關、肝膽相照的愛情啊！」他們都覺得在沒有找到這樣合適的值得終生相守的人之前，就匆匆結了婚，實在是極大的遺憾，他們常念著那「恨不相逢未嫁時」的詩句。

志趣不合的婚姻其實是一大危機——嚴芬在她丈夫死於意外後發現他也曾移情於別人，並不完全忠於她——為此，嚴芬感到他們相互間的精神負擔得到了解除。

> 大抵中年的知識婦女，如果婚姻不大順心，是很容易被中年
> 的甚至上了年紀的男子所吸引的。她們或出於崇拜英雄，或
> 由於同情弱者，或出於自己的極端寂寞感，極容易向肯於相
> 憐的男子袒露她們乾涸而需要潤澤的心靈，傾倒她們全部的
> 熱意。常比年輕姑娘還要真誠。[5]

---

[4] 韋君宜：《韋君宜》，北京：人民文學出版社，一九九五年十二月，頁291。
[5] 同前註，頁295～296。

　　嚴芬用這樣的理解，去理解她的丈夫——丈夫在晚期的朋友多半是女性，她們在他不幸時同情他、愛護他，遠勝於她。她完全原諒了她們。

　　嚴芬對陳植的愛從一開始就有著犧牲和保護的意味。陳植曾承認嚴芬的愛情救過他的命。有一次，他被批鬥完回家，沮喪萬分，說了一些生命毫無意義的話，嚴芬偽裝起受傷的自己，努力傾出她全部的溫情和耐心，握著他的手說：你的生命對我有決定性的意義，我生存的希望就是你。你千萬不能死，咬牙硬活下去吧。活下去看看這種世道究竟要發展到哪裡去？世界上難道會有當皇帝的希望把他的老百姓餓死嗎？睜大兩眼看吧……[6]

　　嚴芬對於陳植的愛是那麼地堅決而不盲目，此時此刻，她是絕對冷靜而清醒的，在烈焰的情愛中，她說——「如果別人都不要我們了，咱們倆就一起逃出去過苦日子也行。我放棄生平所學，跟你洗盤刷碗也行」[7]這是絕大多數的男性所做不到的，但卻可能發生在絕大多數的女性身上——這不禁讓我們想起俄國作家列夫・托爾斯泰的長篇小說《安娜・卡列尼娜》裡那個勇敢追求愛情的安娜，可是她所愛的卻是個虛偽軟弱的男人，當他滿足了他的虛榮心後，他對安娜的愛冷淡了下來，主要是因為他無法忍受安娜的丈夫所發動的各方面的壓力，所以他妥協了，他背叛了安娜，安娜也因而在極度絕望的狀況下臥軌自殺了——嚴芬似乎也是愛上了這樣的男子。

---

[6] 同註四，頁 292。
[7] 同註四，頁 292。

嚴芬甚至曾幻想，如果她的思想言論都被揭露，那麼她的丈夫將不會再愛她這個在政治上一無可取的人，丈夫會自動離棄她，那他們就可以在一起生活了，那時她對陳植的迷戀幾乎到了崇拜的程度，她曾說：「願意讓你的腳踏在我臉上。名譽、地位，其他一切算得什麼！」[8]

嚴芬對陳植的愛幾乎已經到昇華的地步，和他「分手」幾年，他們在工作上無法避開，到對方的住處去也都恪守前約，謹慎小心地不敢提及舊事，甚至連交換一個眼神也沒有——「我遵守我的諾言，按照你的要求，既已答應，決不失信，決不連累你。讓你的家庭保持安寧，不要受我影響吧。甚至別的事，凡你所願，我都努力支持。以此來安慰自己感情的乾渴」[9]

很多事情說的容易，做起來很難，但是，嚴芬為了所愛，她還是辦到了。尤其是在她守寡的空虛時期，她收藏起對陳植的癡心鍾情，把她對他的愛的渴望、期待和哀怨、纏綿與幻想、追求深埋在心底。

大抵上，女性較男性又更為感性，因此，一個妳所愛的人就站在妳面前，而妳卻必須強忍住情感的流洩，這在精神上實在是一大考驗。嚴芬對陳植的愛，在愛情類型中是屬於「奉獻愛」（Agape）——是一種自我犧牲的愛。雙方深深關切彼此的福祉，是以溫和且低調的方式表達。這種形式的愛不求回報，對方的幸福就是首要關切。[10]

---

[8]　同註四，頁 293。
[9]　同註四，頁 294。
[10]　諾曼・古德曼（Norman Goodman）著；陽琪、陽琬譯：《婚姻與家庭》，台北：桂冠圖書股份有限公司，一九九五年九月，頁 49。

在這篇小說中我們看到了男女主角對這段感情的認定程度的差異，其實應該說是兩性對愛情認知上的差異。

從嚴芬給陳植的遺書中，我們見到嚴芬為了陳植和幾位中年女性交往而產生的嫉妒、敏感、憂慮和痛苦。

經過文化大革命重逢後，嚴芬聽到了陳植和幾個比他年輕二十歲的婦女之間的傳言。有一次，陳植也向嚴芬提過，其實並不愛她，真摸不清她怎麼會愛上他這個老頭子。嚴芬勸他與年輕女子斷絕，他卻說不忍心。

> 我看出你對她的留戀，立即想起當年你對待我那一幕來。心裡酸苦辣鹹都來了，我說：「你其實是能夠很殘酷的。」你卻淡淡地說了一句：「那不同。」然後你就詳細講了她對你的一切細節，讓我幫你分析。還開玩笑說：「現在的你，當然不會再有什麼嫉妒心了。」我說：「對。我們是道義之交呀。」我看出來了，你已經把我當作一個「中性人」的朋友。我不應再有難捨的心情，再有痛苦。[11]

陳植把嚴芬當「中性人」看待，把他所關心的女友介紹給她，要她這個老教授照顧她們。有一次，陳植約了那位他並不愛的女子出遊，為了怕別人閒言閒語，竟同時約了嚴芬。嚴芬不得不常常單獨走開，好讓他們兩人有單獨談話的機會。但那一次著實刺傷了嚴芬，陳植似乎忘了嚴芬也是個女人，而且是個他曾經愛過的女人。

---

[11] 同註四，頁 290。

這不禁教人懷疑陳植是否真值得嚴芬這樣付出？

陳植向嚴芬解釋：「同她實在並沒有什麼」，「這完全無所謂」。那既然「沒什麼」又「無所謂」，為什麼還要和人家出遊，玩弄人家呢？這可能是一般女性直覺的疑惑。

男性與女性由於性別角色的差異，專注於愛情的程度也有所不同。一般說來，愛情是男性生命中的一部份，卻可能是女性生命的全部；男性在他的生命中可能可以同時發展好幾場戀情，但女性卻往往只專情於一，而且如果那正好是她所要的愛情，她便能執著到底。

無法扭轉的現實，讓守寡的嚴芬發出了這樣的感慨：

> 在一般人的心目裡，六十幾歲的男子死了老婆還可以再娶，
> 五十幾歲女子如果再嫁就成了笑話。同理，六十幾歲的男子，
> 尤其是知識份子，有的仍能顯得風度不凡。即會有人愛慕。
> 至於六十歲的女子，則無例外都是又醜又討厭的老祖母。即
> 使不說別的荒唐話，只要自己去想想昔日的愛情，都是犯罪。
> 不遵守這一條就不能維持自己的尊嚴，甚至將喪失社會地
> 位。[12]

然而，嚴芬的這段話，我們可從嚴芬的大兒子身上得到印證。

嚴芬在病危時，手指一直指著枕頭，後來辦文學期刊的大媳婦想起家中婆婆的枕頭，她趕回家去，果然發現有一封嚴芬要給陳植的信。

---

[12] 同註四，頁 290。

陳植進了病房，就在嚴芬即將永訣時，這位晚輩眼中的陳叔叔「突然在眾目睽睽之下，伏下身去，把自己的臉貼著那即將死去的老婦人的臉，親了一親」[13]此時，嚴芬已經閉合的眼睛至此又突然睜開，眼中流出兩滴淚，眼睛又閉上了。

大媳婦氣喘吁吁地跑回醫院，說婆婆留了一封遺書要給陳植。陳植接過信。我們且看嚴芬的大兒子的反應，他原本臉上還滿是淚，此時卻板了臉，嚴正地說：

「陳叔叔！您是怎麼了？我們不能敗壞媽媽生前的名啊！」[14]

愛情與婚姻對女人來說似乎是生命中最重要的全部，我們看到嚴芬因為被動地犧牲了她的愛情，而換來事業、名譽、社會地位的成就——「成就壓倒男同事，堪為婦女界的楷模」[15]在新時期的小說中，很多作品裡的女主人公都是因為感情受創，轉而往事業發展，例如：張辛欣的〈在同一地平線上〉和張潔的〈方舟〉，就刻劃了幾個女強人的形象，然而，說真的就算她們事業再成功，在情感寄託上，難免還是有遺憾，只是程度不同罷了。就像嚴芬對陳植所說的：

> 你我都已「完節全名」，沒有什麼損失。很可能如果沒有你當年那個十分明智的決定，我倆沈溺不已，事情終必暴露，真的一切都完了。連我的研究工作，我一生微薄貢獻將都不可能實現。只從一個人的生活上說，我已無愧於《列女傳》中人物。……唯一的損失是我一生內心的缺憾，永遠不能彌補。

---

[13] 同註四，頁287。
[14] 同註四，頁287。
[15] 同註四，頁287。

你勝利了。而我這個付出重大犧牲的人，也被迫走上領獎台拿到了金杯。[16]

我們若嚴重一點來說，陳植是為了他的前途，而間接犧牲了嚴芬的愛情，其實也不為過。

在嚴芬的遺書結尾說道：「我總覺得你殘酷，我可憐。」她說她不得不埋怨他。筆者認為這埋怨包括：一、陳植冷峻地拒絕了嚴芬，結束了他們的關係，讓嚴芬的下半輩子在回憶中苟活。二、他們兩人的配偶相繼過世，在法律已無障礙，但是陳植的身邊總是圍繞著他所謂「並不愛」的年輕女子，面對這樣的狀況，她是能夠完全明白，就算他們能突破「重圍」，他們的結合也無意義了。

大陸學者吳宗蕙女士評論這篇小說說：「抒寫了兩位卓有成就的老科學家之間高尚深摯、生死不渝的愛情。」[17]其實這句話是大有問題的，陳植並沒有和嚴芬一樣為這段戀情「守節」，所以，怎麼稱得上是「高尚深摯、生死不渝的愛情」呢？不過，吳宗蕙女士另外提到：「嚴芬和陳植的愛情悲劇告訴人們：社會習俗、現實環境和所謂傳統風範曾壓抑、束縛以致扼殺了多少高尚真誠的愛，摧殘了多少人的幸福和青春。」[18]這句話若在他們還沒分手之前來看，倒是言之有理；但若從他們分手後，陳植的感情發展來看，這句話就有待商榷了。怎麼說呢？因為彼此對對方的愛差距太大。

---

[16] 同註一，頁 287。

[17] 吳宗蕙：《女作家筆下的女性世界》，北京：首都師範大學出版社，一九九五年十一月，頁 81。

[18] 同註一四，頁 81。

　　嚴芬的大媳婦是唯一看過婆婆所留給陳植的遺書的人，她十分同情婆婆。一向對保守派鄙夷不屑的她，送信去給陳植（陳植當時在醫院表明沒有敗壞嚴芬的名譽，並把還未拆封的信交還給他們）。她一見到陳植毫不客氣地當面唾棄他沒有勇氣去打破一切顧慮和障礙，去爭取幸福快樂。

　　陳植和嚴芬的大媳婦長談後，他交給了她一本他隨意記下的記事本。他說他是過了時的人，不過還是希望能被年輕人瞭解。

　　大媳婦回到家看了一遍，除了幾段劇評，沒有一句是記載她和婆婆之間的事，倒是最後一部分是陳植伺候妻子臥病的記事——他跑遍全市買不著妻子需要的藥，最後寫信到香港託人買藥；妻子下床上廁所，上不去床了，他如何費盡氣力抱她上床；在醫院伺病時「坐守終夜」「夜視妻眠甚安」；甚至決定為妻子輸血——大媳婦感動著當時已六十五歲的陳植還為妻子輸血，但另一方面，她不禁懷疑婆婆和陳植的這段情，是不是只是婆婆的一廂情願，因為在記事本裡，陳植只要有提到婆婆的，都是關於學術會議，所用的稱呼不是嚴教授，就是嚴芬同志。

　　這樣一本私人的記事本，應該是最能看出其真情流露的。我們從嚴芬的一封信看到了嚴芬對陳植的愛，但從陳植的這本記事本，卻教人懷疑這段感情。

　　筆者認為問題出在陳植身上，我們看到陳植在照顧他的妻子實是那樣地有情有義，如果他和妻子沒有感情，妻子不曾對他有所付出，他大可找個看護照顧在病榻的妻子。可是他又是那麼「博愛」的人——我們怎麼能想像得到他的另一面竟是同時和嚴芬發生了戀

情，而且也是付出了真情，只是在結束愛情後，又和年輕女子來往。恐怕這就是性別差異的問題，這種狀況基本上發生在女性的身上不多，在當時是如此，就算今日即將邁入二十一世紀，我們也可以這樣說——女性比較可能在一個時間只和一個男性交往，而較不可能同時交往好幾個男性，她們通常是在結束一段失敗的戀情後，再開始另一段戀情。西方學者巴斯達不是說：「男人的愛情輕描淡寫，但愛的對象多；女人的愛情強烈，但愛的對象少。」[19]

此外，值得一提的是，作者安排嚴芬幾十年來獨自堅守這一段不為人知的戀情，似乎有意宣揚「婦女解放」。可能有人會疑惑：嚴芬自始至終並沒有因為這段戀情而出走婚姻，怎麼算得上是「婦女解放」？其實，從另一個角度來看，嚴芬這樣一個情感熱烈的女子，若不是陳植提出保持朋友關係的要求，也許她會付諸行動；然而，為了成全陳植的意願，在晚年她獨自飲下暗戀的苦酒，這種犧牲在精神上是極大的摧折，而她就這樣抱持著對他的愛度過餘生。雖然在嚴芬的觀念裡是愛情至上，但她卻不會為了愛情什麼都不顧，至少她要顧及陳植的立場，那是一種成熟的愛情的表現。因此，嚴芬在精神上的自我解放，其實是比實際行動上的解放，需要更大的勇氣。而就這一點來說，男性的犧牲或成全的精神，也是比不上女性的。

---

[19] 行政院新聞局：《成功者座右銘》，台北：利大出版社，一九八六年五月，頁10。

## 二、被傳統封建思想給封殺的黃昏之戀──〈心祭〉

在韋君宜的〈飛灰〉裡，我們見到嚴芬的兒子為了母親的名節，不惜犧牲她尋求第二春的幸福，而在問彬的〈心祭〉中反對的聲浪更大了。

問彬的〈心祭〉是一篇把人道主義精神和寡婦的愛的權利聯繫在一起的小說。

小說的女主人公──母親，十五歲時便被作為傳宗接代的工具賣入王家當二房。然而，天不從人願，她連生了八個女兒，其中三個，不是被塞到水盆裡溺死，就是被提著腿扔到荒郊野外去了。作妾的本就低人三等，再加上她專生女孩子，天地間更沒有她立足之地了，長年累月低頭進低頭出。

丈夫不到四十歲就暴病身亡了，她送走了這段沒有愛情的婚姻的男主角。就在此時，一個抽大麻的遠房本家，在她們孤兒寡母的身上打主意，想把她們一起賣掉，母親抵死捍衛著她的女兒們。

母親含辛茹苦地獨立撫養五個女兒，替人磨麵、做女紅，日以繼夜只為了換得溫飽，而她的青春年華就在那樣艱困的生活中流逝了，她從來也不敢奢望真正的愛情會降臨在她身上，但它確實發生了。

就在她們鬧著飢荒的農曆年，善良忠厚的表舅舅出現了，這個穩實的莊家漢，是母親娘家村裡的人，不但帶來了家鄉的土產，也為她們家帶來了生氣，他們一起度過了一個快樂的新年。

表舅舅晚上借住在別人家，一大早就過來分擔所有的家務，給毛驢治病、修房補牆、扛糧椿子。後來他決定暫住下來，找個工作，幫她們度過春荒難關。

不久，那個抽大麻的遠房本家衝到她們家指著母親罵她辱門喪德，守寡沒有守寡的樣子，竟然找了個野男人。鄰居都來圍觀，母親氣得臉色發白。表舅舅回來後，他又揪住表舅舅的衣領罵了一頓，表舅舅怒火衝天，但看在母親的份上，才沒有對他動粗。當晚表舅舅便被借住的鄰居給攆了出去，還有人對他砸了一塊石頭。母親為保表舅舅的命，含淚送走了他。

解放後，五個姊妹才得以和母親重聚。新時代使得向來閉塞、憂愁的母親開闊了心胸——她參加街道居民的會議，學習文化——她的氣色隨著充實的生活而有了光澤，喚起了年輕時的信心和熱情。

有一天，妹妹提及在火車站遇到表舅舅，他還是單身，妹妹向他要地址以便日後聯絡。他說媽媽知道他的地址，並要媽媽多保重。

這件事讓母親塵封已久的心泛起了漣漪，強烈的感情在她心裡湧動。

新生活造就了她勇於追求真愛，她對女兒暗示說：「媽這一輩子沒人疼沒人愛，像個獨魂兒一樣，孤孤單單……」[20]並提出：「媽遲早是你們的累贅。我琢磨，一個人這樣過下去也不是個長遠的法子……」[21]尋求愛情的精神慰藉，是女性再婚的心理動機之一。女性在喪夫、兒女長大成人之後，會格外感到孤單寂寞，所以尋求感情的歸宿，以為生活上的伴侶，相互照顧。

---

[20] 馬漢茂編：《掙不斷的紅絲線——中國大陸的婚姻·愛情與性》，（台北：敦理出版社，民國七十六年十月），頁73。

[21] 同前引書。

但我們來看看這群由母親咬著牙、含著淚所帶大的女兒們七嘴八舌的想法：

「到底要幹什麼！這麼好的生活條件，偏要找個不知底細的人來插在大家中間，咱們還得像侍奉老人那樣侍奉他。你們想，那夠多彆扭呀！」

「唉！我也想，有這個必要嗎？都好幾十歲的人啦！」

「這麼一大群女兒圍在身邊，還能說沒人疼愛，我看是身在福中不知福。」

「唉！我看窮有窮的難處；生活好了也有好了的麻煩，太舒服了人就容易──」

「我把話說在前頭，如果媽媽要找個老頭兒給咱們來當老子，我是絕不進這個門的。」

「唉，真為難！好端端的憑空來了這件『天要下雨，娘要嫁人』的事兒。我思量，這件事讓咱們那地方的鄉下人知道了，還不知怎麼笑話哩！」[22]

母親無意中聽到了她們的「裁決」，見女兒向她走來，她趕緊找事做，以遮掩內心的煩亂。對於她們的「裁決」，她不僅沒有提出異議，反而「感到很羞慚，像作了一件不光彩的對不起子女的事情似的。」[23]

---

[22] 同註二〇，頁75～76。
[23] 同註二〇，頁77。

在這裡我們見到「封建禮教和封建倫理道德觀念不僅猖獗於舊中國，也遺毒於新社會；不僅盤踞在不少老一輩人的頭腦中，也侵蝕到新一代人的腦髓裡；不僅主宰著舊時代婦女的命運，也影響新時代婦女的命運。」[24]

每個人都有追求個人幸福的權利，然而，當有苦難言的母親提出這個合情合理的要求時，卻活生生地被剝奪了；那珍貴而難得的愛情火花，立刻被輕率地熄滅了，而剝奪母親的愛的權利的，竟是她那群享受著幸福的愛情和自主的婚姻，自認為比無知的母親，有知識文化、有見地的共產黨員女兒們。她們並不關心母親的感情問題，關心的只是她們的感受、生活的改變和所謂的「面子」問題，這實在教人不寒而慄。

愛情是具有其自然本性的，在馬克思看來，人類的男女之間的愛情關係應該是人與人之間的最自然的關係。這種關係既不是純「生物性」的關係，也不是純「階級性」的關係，而是「真正意義上的人」的關係。[25]為什麼這群女兒滿嘴說著敬愛母親，但卻又對母親那「真正意義上的人」的關係的愛情，並不給予起碼的尊重？

舊社會的寡婦愛情悲劇的造成，往往子女態度的影響和制約、親人的反對，比起外界的歧視更加成為她們追求第二春的難以逾越的障礙。

---

[24] 滕云主編：《新時期小說百篇評析》，（天津：南開大學出版社，一九八五年十月），頁 310。

[25] 同註一，頁 195。

此外，值得一提的是，小說裡的「我」，不但客觀地描述了她們這群女兒是如何扼殺了母親第二春的愛情，造成母親終生的遺憾外，還「展示了當代女性敢於正視自身弱點，進而否定自身，尋求現代生活價值的悲愴和莊嚴。」[26]敘述者「我」在母親過世後，試著揣想母親的心，她想母親一定多次想過：「作為有知識、懂得生活價值的後輩們，準會支持和讚許她的希望與追求。」[27]「我」懷著深沈的負罪感「勇於反省和自責，自覺地清理自己頭腦中存在的各種錯誤思想」[28]

> 做母親的人，願意犧牲自己，把全部的愛和感情傾注在兒女們身上，而將悲哀深深壓在心底。可是，後輩們──自認為比母親有知識的新的一代人，對自身的可悲的思想和行為，將作出怎樣的評判呢？[29]

母親終於成了新舊兩個時代的犧牲者，她的命運在某種程度上概括了中國老一代婦女的共同遭際。陳舊的道德觀念，讓善良的母親不敢理直氣壯地進行抗爭、不敢正視自己的人生，從她身上我們見到女性懾服於傳統的強權，以致不敢去爭取的弱者本質。

---

[26] 任孚先、王光東：《山東新時期小說論稿》，（濟南：山東教育出版社，一九九一年十二月），頁 266。

[27] 同註二〇，頁 81。

[28] 賀興安：〈婦女解放的一聲深長的呼吁〉，（北京《作品與爭鳴》，一九八二年九月，第九期），頁 20。

[29] 同註二〇，頁 82。

作者通過這位拖累著封建思想的普通婦女的悲劇性的一生，提示人們以嚴肅而深沉的態度去面對生活。

## 三、及時抓住春天尾巴的黃昏之戀——〈楓林晚〉

航鷹的〈楓林晚〉則是一個有結局的黃昏之戀。

老花匠杜芒種年輕時就愛伺弄鮮花，解放後調到小香山主管整座花房。早上，小香山有來自四方的老人聚集，有的唱歌跳舞、有的運動聊天，老人們在這裡找到了歡樂。

郭奶奶是杜芒種每天所等待的人兒，大家都知道杜芒種在等郭奶奶點頭，他們才能攜手走完餘生。

杜芒種永遠忘不掉他和郭奶奶的初遇，那是一個大雪紛飛的冬天，一個年近四旬的婦女在哀哀低泣，同時撥弄一堆點燃的紙錢，嘴裡還念念有詞，原來那天是她的亡夫的忌日，他生前愛花，她便到這兒來祭奠他。杜芒種引她進花房和她聊了起來，聽說她出身於養花世家，分外覺得親熱。

她二十四歲守寡，獨自拉拔著四個小孩長大，為了多賺一點錢，先後共幫人家帶過五個小孩。現在兒女成婚了，她還沒辦法享清福，要帶一個接一個出世的孫子。

後來，早上她都會推著孫子到花房和大家話家常。

當杜芒種托人跟她說親時，她的答覆是：「年輕時沒打這個主意，現在歲數大了，又有了隔輩人，教人笑話。」隔年，她似乎有些動心了，說：「二兒媳婦剛生了孩子，要人照顧。兒女們都是雙職

工，工資低，孩子小，我不管誰管呢？等孫子大些，能離開人了再說罷！」[30]這話給了不怕等待的杜芒種打了一劑強心劑，他的生活燃起了希望。

就在杜芒種五十八歲那年，他終於等到不再推嬰兒車到花房的郭奶奶了。但是這次她竟堅決拒絕，沒有多加解釋，只說了一句：「都六十歲的人了……」

人們發現郭奶奶越來越瘦，臉色很差，依舊坐在長椅盡頭，目光呆滯地想心事。杜芒種一切看在眼裡，心裡擔憂，卻不好過問。後來，便不見她的蹤影了。一直到一位護士長到花園散步，才有了郭奶奶的消息。

郭奶奶因為心率過速暈倒，她的心功能不好，是長期缺乏營養、疲勞過度造成的，只要經過調養就能恢復健康。可是她的一幫兒孫，為了輪流值班照顧的「派班不公平」吵起架來，便作鳥獸散不見探望的人影；後來，又怕負擔過多的醫藥費，便急著要她出院；出院後，大家又推托敷衍著，誰也不願她住到他家去。醫護人員聯名給報社寫信，批評她的子孫。當郭奶奶再度病重住院，她放棄了求生的意志，拒絕進食、拒絕打針。

杜芒種急忙趕到醫院。他喊著她的名字，以丈夫指揮妻子般的權威，命令她把牛奶喝下去；她竟溫順地喝了下去。

他再度向她求婚；她感傷地說：「我已經不行了……從前沒有伺候你，老了，不中用了，怎麼能讓你伺候我？白白累贅你幾年，走

---

[30] 航鷹：《東方女性》，（台北：新未來出版社，民國八〇年二月），頁181。

在你前頭……」[31]他聽了喜淚縱橫，緊握著她的手，說：「原來你是為了這個才回絕我！快別這麼想，大夫說你的病不重。我等了你二十年，你得跟我過二十年日子！」[32]

在人們的祝福聲中，他們終於結成了夫妻。

過去的郭奶奶有一個熱鬧而寂寞的家，她的內心是寂寞的，因為「她的感情衝不出心扉的鐵鎖，那把大鐵鎖鎖了幾千年了，已經生鏽了，砸都砸不開了……」[33]現在的郭奶奶砸開了那把鎖了她幾千年的大鐵鎖，她可以在小香山的花房裡和杜芒種組成一個彼此惺惺相惜的溫暖小窩。

郭奶奶對下一代無悔的付出；在病中怕成為杜芒種的負擔，而拒絕他的求婚，這反映了中國傳統的婦德。至於杜芒種在逆境中，仍義無反顧不避棄郭奶奶，反而為她守候，這展現了他的有情有義。所以，他們的最終結合，代表了完美的愛情。正如前面所提過的——馬克思有一句名言：「真正的愛情可以使人成為真正意義上的人。」[34]這主要是指人的靈魂和力量的盡可能充分的實現。他們的這段黃昏之戀只能用最單純的愛情自然本性的心靈去領悟，無須以政治的、法律的、道德的或者世俗的眼光去看待，這應該也是作者在小說中所要表達的愛情觀。

經過以上三篇小說的分析，歸納出下列幾點結論及感想：

---

[31] 同前引書，頁 228。
[32] 同註三〇，頁 228。
[33] 同註三〇，頁 184。
[34] 同註三，頁 153。

一、我們從寡婦追求愛的權利被傳統封建觀念所壓榨，而帶給她們難以言喻的痛苦，可知：寡婦一個人要面對生活已經是夠辛苦的了，如果連她們的愛情都被剝奪、摧殘，那真是人間最大的迫害。

二、若以兩性相比較，女性是較男性具有易於妥協的性格的，從女性的一生來看，當她們面對衝突，必須作抉擇與取捨時，她們先是從心理要求自己，調整自我的性格，以適應外在環境的需求，以便解決衝突，針對這一點我們可以從這一類型的女性身上找到答案。

三、這三篇小說的作者把愛情題材放到文學的恰當位置上，讓小說人物能夠在愛情中流露自然的本性，同時也證明了那和純粹的動物性是不同的，誠如這三對黃昏愛侶，他們的愛悅，已超越了外貌和形體上的相互吸引的因素，這無疑地呈現了人類所獨有的高尚而美好的感情。

四、不分中外古今許多優秀的文藝作品，往往和愛情描寫幾乎分不開。「愛情的軌跡同人類文明史的發展軌跡是成正比的」[35]從描寫愛情的悲歡離合中，我們可看出時代的脈搏和社會的矛盾。

五、「永恆的人性」是優秀的愛情作品所闡揚的重點。透過愛情的描寫，我們可以透視一個人的靈魂，可以瞭解他的性格和思想；再者，經由人物面對愛情的態度，還可以揭示他的內心世界。

（該文原載於《崇右學報》，二〇〇三年，第九期；

另〈從大陸女作家韋君宜的〈飛灰〉看兩性的情感認知〉

原載於《中國語文》二〇〇〇年五月，第五一四期）

---

[35] 同註三，頁 148。

# 張　潔
（一九三七～）

　　張潔是新時期女作家中獲全國獎最多的一位，也是深受海外文壇關注的女作家。

　　張潔出生於北京的公務員家庭，由於父母失和，從小失去父親，她好像「獨自一人在大自然裡，野生野長地摸索著長大」[1]她和母親相依為命，家境貧寒，靠母親給人家當保母、工廠收發員、鄉村小學教師的微薄工資維持生活。

　　在政治生活上，她並沒有遭到大磨難，算是幸運的；此外值得慶幸的是，在她的生活中，還感到有許多「只是給予並不索取什麼的手」[2]例如：駱賓基就曾關懷並培養她的文學創作。文化大革命結束後，恢復高考，張潔在駱賓基的鼓勵下，根據她工作中的所見所聞寫成了她的成名處女作〈從森林裡來的孩子〉。

---

[1]　盛英主編《二十世紀中國女性文學史》，天津：天津人民出版社，一九九五年六月，頁 727。
[2]　同前註。

# 張潔〈祖母綠〉的女性意識

在大陸新時期文學作家中，有一群女作家特別把寫作的焦點擺在關注婦女命運的問題上面，張潔就是其中一位。

張潔（一九三七～～）是新時期女作家中獲全國獎最多的一位，也是深受海外文壇關注的女作家。

張潔出生於北京的公務員家庭，由於父母失和，從小失去父親，她好像「獨自一人在大自然裡，野生野長地摸索著長大」[3]她和母親相依為命，家境貧寒，靠母親給人家當保母、工廠收發員、鄉村小學教師的微薄工資維持生活。

在政治生活上，她並沒有遭到大磨難，算是幸運的；此外值得慶幸的是，在她的生活中，還感到有許多「只是給予並不索取什麼的手」[4]，例如：駱賓基就曾關懷並培養她的文學創作。文化大革命結束後，恢復高考，張潔在駱賓基的鼓勵下，根據她工作中的所見所聞寫成了她的成名處女作〈從森林裡來的孩子〉。

另一方面感情道路的不順遂，也是激發她創作的泉源。「她摯誠地愛過，但更多的是失望。或許正是這些感情生活中的挫折和她內心深處不懈的追求，敦促她最終還是走上了文學創作道路。」[5]張潔

---

[3] 盛英主編：《二十世紀中國女性文學史》，天津：天津人民出版社，一九九五年六月，頁727。

[4] 同前註。

[5] 李小江：《夏娃的探索——婦女研究論稿》，鄭州：河南人民出版社，一九八

曾說：「文學對我日益不是一種消愁解悶的愛好，而是對種種尚未實現的理想的渴求：願生活更加像人們所嚮往的那個樣子。」[6]她的小說題材廣泛，除了有對女性感情經歷的抒寫外，還有對女性社會問題的抨擊針貶。

不屈服於命運安排，不妥協於環境壓力，在生活的磨練中，愈挫愈勇，這就是張潔所塑造的女性形象。〈愛，是不能忘記的〉裡的鍾雨執著地守著一段真摯的、理想中的愛情，無怨無悔；〈方舟〉裡的三位女主角毅然決然走出失敗的婚姻，把精神寄託在事業上，奮發向上；而〈祖母綠〉裡的女主人公又是一個不幸的女子，不過張潔同樣安排她在承受愛情婚姻、傳統道德和社會生活的種種壓力下，活出自我，找到自己事業的一片天。

〈祖母綠〉寫的是女主人公曾令兒在對她的男友左葳的犧牲奉獻的付出，覺醒之後，仍繼續努力於她的理想。左葳在一九五七年「鳴放」時期，寫了一份言詞激烈的意見書，由曾令兒抄成大字報，不久，風雲變色，曾令兒擔起罪名，說是一人所為。左葳為報答曾令兒，決定與她結婚。不久，左葳便反悔了。曾令兒北上接受勞改，此時發現懷了左葳的孩子，她的生命又燃起了希望。在眾人的欺負和羞辱之下，小孩終於出世了，她獨自艱辛地撫養兒子長大，誰知在兒子十五歲那年，游泳出事了。她勇敢地走過傷痛。某家學報上出現了她的名字，她的研究在國際上引起注意；左葳的妻子，深知

---

八年五月，頁 294。

[6]　同前註。

左葳的能力不夠，想盡辦法邀請曾令兒幫忙，此時，曾令兒已走出愛情的傷痛，已能坦然面對。

在這樣的故事結構中，我們可分三個階段來看女主人公所反映出來的女性意識。

## 一、第一個階段──執著付真愛；斷然斬情絲

曾令兒是個敢愛敢恨的女子。為左葳頂罪時，她站在台上接受批判，還微微地笑，如果她那個態度是在文化大革命時，絕對讓人給打死。為什麼她會如此「從容就義」？因為，為了所愛而犧牲，她覺得值得，所以站在台上的她就像一株被狂風暴雨肆意搓揉的小草，卻拼命地用她柔嫩的細莖，為左葳遮風擋雨──

> 她帶著一種超凡入聖的快樂，看著低垂著腦袋，坐在會場一角的左葳。什麼批判？什麼交待？她心裡只有這個低頭坐在角落裡的人，和對這個人的愛。她願為他獻出自己的一切：政治前途，功名事業，平等自由，人的尊嚴……[7]

可是左葳又是怎樣回報曾令兒的呢？為了報答她的救命之恩，他去領登記結婚的介紹信，身旁的人勸他要考慮後果──會被開除黨籍；和她一起分配到邊疆；默默無聞地度過餘生。他有所動搖，在接過介紹信的同時，他突然發現他和她的愛情消逝了。所以，當他拿著介紹信去找她，她問他是否愛他時，他並沒有直接回答。於

---

[7] 張潔：《張潔》，北京：人民文學出版社，一九九三年五月，頁 233。

是，她打定主意不要這種「道德性」的婚姻。當天晚上，她決定留下來過夜，用一個夜晚，完成了一個婦人的一生。隔天一早，她要他將介紹信交給她，在陽台上她迅速地將那封介紹信撕成碎片，並頑強地笑著說：「你看，像雪花一樣，很快就會融化了。」「我們已經結過婚了，你已經還盡了我的債，我們可以心安理得地分手了。」[8]

在這裡我們似乎見到了曾令兒這樣一個有擔當的女子，堅強地猶如古小說〈杜十娘怒沉百寶箱〉裡的杜十娘站在我們的面前，那樣地果決，拿得起、放得下。

左葳這樣一個大男人，相較於曾令兒，實在遜色太多。左葳敢寫激烈的言論，卻不敢承認，就在風雲變色時，他驚惶失措，曾令兒二話不說為他挺身而出，一點也沒有顧念到自己的面子尊嚴、政治前途或功名事業。而曾令兒的義無反顧正凸顯了左葳的貪生怕死，他原要娶曾令兒答謝她，卻又害怕未來可能發生在他身上的一連串不幸；曾令兒不想為難他，也不想要一段虛有的婚姻，便主動提出分手，讓他有重新選擇生活自由的機會。甚至在他們的性愛關係中，曾令兒都是主動出擊的，她一直清楚地知道自己在做什麼、自己要的是什麼；而同時男性的自私、薄情與懦弱在此展露無遺。

## 二、第二個階段——母性發揮，忍辱負重

離開家鄉後，她發現自己懷孕了，她是那樣地欣喜若狂「好像發現了一個金礦。一夜之間，她從一個窮光蛋，變成了百萬富

---

[8]　同前註，頁 241～242。

翁。」[9]她期待肚子裡的是個和左葳一模一樣的男孩。然而，不難想像當時大腹便便的她處於勞動改造時期，那樣的處境是如何的艱難：

> 「你必須交待自己的錯誤，檢查犯錯誤的政治根源、思想根
> 源、歷史根源、社會根源。這是和誰發生的？在哪兒？是初
> 犯，還是屢教不改？這樣做的動機和目的？」[10]

「政策我們已經向你交待清楚了，如果你拒不交待和檢查，只會加重對你的處分，延長你的改造時間。你現在的罪行是雙重的。右派份子加壞份子。地、富、反、壞、右，你一個人就占了兩項。」[11]

不論上頭的人怎樣輪番找她談話，要她交待，她只是用雙手護著肚子，不發一語。她對肚子裡的孩子說，她願他父親前程遠大，她會永遠保護他和他父親。

孩子是她活下去的希望，為了他，她忍辱負重地承受肉體和精神的慘痛折磨，忍受他人輕視的目光、侮辱的言語和羞恥的指點。她反擊食堂師傅對她的騷擾，卻招來一頓毒打和訓斥，自此，食堂師傅從不按量給夠她所買的飯菜，還把剩的、餿的賣給她。她就這樣度過了餓得頭昏眼花的每一天，一直到兒子落地，在醫院還受到醫護人員的羞辱。

好幾次，她望著吃不飽的兒子，總有衝動想寫封信向左葳求救，不過還是沒寫出一封信；只有一次，兒子病危，她急得沒了主意，

---

[9] 同註五，頁 246。
[10] 同註五，頁 247。
[11] 同註五，頁 247。

便打了一通長途電話，不過她還是沒有出聲。等到兒子退燒後，她喃喃地對他說：「你看，我沒有對他說。我們還是撐過來了，對麼？等你長大了，你就知道，頂好的辦法是誰也不靠，而是靠自己。」[12]曾令兒說這話時，是多麼地語重心長啊！「靠自己」三個字傳達了兩性平等的訊息，她知道一切只能依賴自己，唯有充分的自信和自強不息的奮鬥，才有資格繼續往前。

　　誰知兒子還來不及長大，就喪生在一個小池塘裡，這對曾令兒來說又是一場劫難，沒有了這個和她相依為命的兒子，她的生命失去了意義。

　　兒子是那樣的貼心懂事，因為沒有父親，在學校受欺負也不說，說了只是讓她擔心；他在名為「我的爸爸」的作文裡讚揚她的偉大，說：「媽媽是條好漢，不管遇見什麼倒霉的事，她從來不哭……」作文拿了個「優」，老師親自上門誇她是忍辱負重，苦盡甘來了。

　　女人，因為成為母親而愈見偉大；因為成為母親才算得上是真正的女人。曾令兒在兒子身上找到了情感的寄託，她的愛情雖已遠離，但她能在兒子身上傾注她的親情。孕育生命的艱辛；生產當天，羊水破了才往醫院走，半夜叫不到車，忍著子宮收縮的陣痛，爬到了醫院；養育孩子長大，她不靠任何人，也沒有任何人可以依靠，在那樣的生活處境下，她的確稱得上是勞苦功高。

---

[12]　同註五，頁 252。

## 三、第三個階段──為理想堅持，為事業努力

曾令兒的數學成績一直很出色，就算是在被下放的二十多年中，她仍然始終不渝地持續這方面的研究工作。

在小有成就的今日，她想起以前背著兒子夜讀的情景；想起常常被兒子尿濕的背；想起為了這一天的到來，為了把自己含辛茹苦，奮鬥、積蓄了二十多年的能量和才智獻給社會，她多少次拒絕了兒子「和媽媽小玩一會兒。」的要求；兒子有一次留給她的字條寫著：「我恨你的演算題。」她原答應帶他去春遊，而她未能如約，兒子留下那張字條，一個人去了……現在她已永遠無法補償兒子。假如以後，她能對這個社會有所貢獻，她想，這貢獻裡，必也包含著兒子的一份努力和犧牲。

從這裡我們看出了一個女人要獨自撫養一個孩子長大成人是多麼地不容易。

堅強地走過喪子之痛，曾令兒在事業上找到出口。她的一種計算機乘法過程的演算方法在國際上引起反響。她在事業上的成就，我們可從盧北河對她的重視程度看出。

盧北河和曾令兒、左葳是大學同學，盧北河喜歡左葳很久了，就在曾令兒出事下放後，她得到了左葳，得到左葳後，她才更看出他的無能。當混亂的局面停止後，盧北河已經是一個研究所的黨委副書記兼副所長，而左葳只是研究所的科研人員，盧北河一直在幫助左葳穩住他的職位。學術界重現曾令兒的名字後，在盧北河的深思熟慮下，她決定以研究所名義邀請曾令兒來參加超微型電子計算

機微碼編制工作。這項工作的主持人是左葳，不過有一些閒言閒語傳說左葳根本不稱職，如果不是盧北河，他那能有今天。盧北河希望能得到曾令兒的幫助，只要曾令兒進了微碼編制組，以她的工作能力和專業認知，微碼組一定會有一番成績的，有了成績，左葳穩當地做到退休應該不是問題才是。

盧北河邀請曾令兒共進晚餐，談起他們的婚姻生活：從未拌嘴、吵架。幸福得如同一個隨心所欲的主人，和一個唯命是從的奴隸。盧北河感慨地對曾令兒說：「你已經超脫了，因為你不再愛了。一個人只要不再愛，他便勝利了。因此，我想說幾句不怕你不高興的話，多少年來，我們爭奪著同一個男人的愛，英勇地為他做出一切犧牲，到頭來發現，那並不值得。而他對我們的犧牲，全然不覺，或是他認為我們理應如此。」[13]盧北河很羨慕曾令兒能有機會獨立發展自己的事業，而她卻要為無實質才幹的丈夫找門路、撐場面。在這裡我們見到了另一個為愛情犧牲奉獻的女子。

作者安排了一個小說情節，讓曾令兒明白地確定她對左葳的愛情已經全然過去。

曾令兒回 E 市參加會議，在火車上偶遇一對新婚夫婦，又正巧住同一間旅館，新婚夫婦要去海邊游泳，曾令兒警告他們不要去，說那裡有漩渦（左葳曾在那兒游泳差點溺斃，他緊抓著曾令兒，後來曾令兒硬是撐著救起了他），但他們還是去了。當天晚上，盧北河向曾令兒商量留下來幫助左葳，曾令兒答應考慮。

---

[13]　同註五，280 頁。

就在與盧北河分手，曾令兒開始思索這個難題時，之前去游泳的新郎出事了，曾令兒抱著新娘安慰著她。經過了這件事，曾令兒覺得「她已越過了人生的另一高度。她會去和左葳合作。既不是為了對左葳的愛或恨，也不是為了對盧北河的怜憫。而是為了這個社會，做一些有意義的事情。」[14]她尊重自己，清楚自己的行事，所以對於所承載的苦難，從未後悔過。這代表著曾令兒思想層次的提升以及對自我存在價值的肯定。

經由這三個階段的分析，我們見到堅毅的曾令兒的精神不斷地超越自我的高度，在超越的過程中，儘管考驗重重，但因為她執著地懷抱著「無窮思愛」，使得她不斷地擴大其「愛」的母題，把「小我」的兒女私情之愛，擴大到「大我」的社會的民胞物與之愛。由於她的女性經驗，讓讀者有了獨特的認識價值。

此外，在曾令兒身上我們也見到了女性某些無私的、不求回報的犧牲奉獻是男人絕對無法做到的；同時也領悟到愛的真諦之於兩性，在認知程度上不同的差異，誠如西蒙‧波娃所說的，對於男人而言「在他們生命之中，在他們的內心還停留在自我中心的狀態；他愛的女人僅是有價值的東西之一；他們希望女人整個活在他們的生命中，但是並不希望為她而浪費生命。對女人而言，正好相反，去愛一個人就是完全拋棄其他一切，只為她愛人的利益存在。」[15]由此可見出女性不同於男性的偉大之處。

---

[14] 同註五，285 頁。
[15] 王緋：《女性與閱讀期待》，西安：陝西人民教育出版社，一九九八年九月，頁 85。

　　在尋求婦女解放的過程，除了在外部世界要解除社會習俗、傳統觀念的根源外，婦女本身的努力更為重要，想要追求獨立的人格，不依賴男人，唯有自愛自重，自尊自強才能活出自我，這應該是作者在小說中所呈現給讀者的啟示。

　　（原載於《國文天地》，二〇〇〇年五月，第十五卷第十二期）

# 航 鷹

## （一九四四～）

　　航鷹在戲劇和文學兩個領域各有其成就——她以編劇引人注目，又以小說揚名文壇。

　　航鷹十五歲初中畢業後，到天津人民藝術劇院學習，並且從事舞台美術的工作，她同時還涉獵各種文藝作品，長期累積發現興趣，便改任編輯。她曾戲稱自己「從小就『泡』在藝術裡，幼年時看書看電影，青年時接近舞台熟悉話劇，所以一遇合適的氛圍，她身上的藝術細胞就能迅速裂變為藝術植株，並結出碩果。」[1]

---

[1]　盛英主編：《二十世紀中國女性文學史》，天津：天津人民出版社，一九九五年六月，頁 929。

# 從新時期女作家航鷹的小說看女性文學

　　「五四」女性解放的聲浪，隨著女作家找不到解放的出路而困惑，潮起潮落後，自一九二八年，女作家有了性別自認，當她們群起由自身的小我走向社會的大我，有人打出了反對所謂「女性」文學的旗號。

　　她們認為如果要設立「婦女文學」的名目，那也就要有相應的「男子文學」了。在當時有一本雜誌以《女子文學》為名，在創刊號的扉頁上還特別聲明：「文學可以分為男女麼？答曰：不能。文學就是文學，豈有城鄉之分、男女之別、工商之異。」[2]

　　一九二九年末，丁玲拒絕為《真善美》雜誌的「女作家專號」撰文，她說：「我賣稿子，不賣女字」；三〇年代的左翼女作家馮鏗的小說《紅的日記》，女主人公在「為人」和「為女」的選擇中，斬釘截鐵地只選做「人」的資格；記者作家楊剛自稱是：「有男人，不能作男人的女人；有孩子，不能作孩子的母親。」八〇年代新時期的女詩人李小雨說：「成為人，你自然就有了成為女人的一切。」張潔、張辛欣和張抗抗也非常反對提什麼「女性文學」。張抗抗對於「女性文學」的提出，認為是一種深層心理結構上女性自卑感的表現。[3]

---

[2]　李小江：《夏娃的探索——婦女研究論稿》，鄭州：河南人民出版社，一九八八年五月，頁252。

[3]　盛英主編：《二十世紀中國女性文學史》，天津：天津人民出版社，一九九五年六月，頁6。

她曾明確地宣稱:「嚴格說,中國當代文學的森林中尚未長出『婦女文學』這一棵大樹,中國還沒有形成『婦女文學』的主潮。」[4]這些女作家不喜歡「女作家」的稱謂,她們不但不甘於、也不屑於「女」字,她們希望能用「人」字來包容「女」字。

　　相對於這些反對的聲浪,也有相當多的女作家重視自己身為女人的特質,冰心和陳衡哲格外鍾愛「女」字,期待「為人」和「為女」兩重人格趨於平衡的協調發展。陳衡哲在三〇年代中期,寫了一系列的婦女問題專號,尤其特別強調「母職」,她把「母職」看成是「民族的命脈」。她認為男女平等不等於女性男性化,如果忽視「女」字,會帶來畸型的人生;冰心在四〇年代《關於女人》的散文集裡,特別頌揚女人的美質,把女人的人格推到了崇高的顛峰。到了「四人幫」倒台後的八〇年代,女作家在歷史的反思中,尋回長期失落了的愛和美,不願再失去女性有別於男性的天賦而男性化。王安憶與鐵凝宣稱自己不迴避「女作家」的稱謂,鐵凝說要寫出:「女性獨特的生存方式生存狀態和生命過程。」[5]

　　有人認為反對提「女性文學」者,「只不過是女作家們的一種『逆反心理』(即不希望人們只是從性別的意義上去注意到她們的存在),她們不承認『女性文學』的存在並不等於『女性文學』就真正的不存在了。」[6]

---

[4]　殷國明　陳忠紅:《中國現當代小說中的知識女性》,廣東:廣東高等教育出版社,一九九〇年八月,頁182。

[5]　同註二,頁7。

[6]　同註三。

　　肯定婦女文學的一派認為：大規模的婦女創作是當代文學中一個引人注目的現象，追溯它的歷史，凡是出自女性之手的文學，統統可以被看作婦女文學。然而，否定婦女文學的一派卻認為：歷代文學總是以男性為中心的傳統文學，婦女寫作是少數，這少數也不過是對傳統價值觀和男性文學的模仿，因此，根本無所謂真正的女性文學。[7]

　　基本上，這個反對的聲音，實在不夠站得住腳，也經不起時間的考驗。如果是以創作數量的多寡來否定女性文學，這實在是相當愚蠢的，僅以當代文學女性作家的創作數量來看，並不亞於男性作家；而且，從生物學、社會學來看，我們都肯定兩性是有所差異，既然如此，女性有女性的感性與認知，即使如上所述「是對傳統價值觀和男性文學的模仿」那種模仿也是相當有限的，因為，既然是出自女作家的手筆，其創作內容和藝術風格一定是獨具特色的。

　　冰心在一九九〇年十二月五日為《婦女研究》雜誌題詞說：「一個人要先想到自己是一個人，然後想到自己是個女人或男人。」[8]這句話很準確地說出了二十世紀的中國女作家已經向兩性平等邁進了一大步——統一了女人的自覺和人的自覺。

　　筆者是相當贊成所謂的「女性文學」的，因為作家的性別差異，絕對影響作品所展現的自我意識。女人看女人和男人看女人，在主體意識上所呈現的特性就有所不同。

---

[7]　同註一，頁 251。
[8]　同註二，頁 7。

## 一、為「女性文學」正名

　　大陸女評論家吳宗蕙將眾說紛紜的女性文學的意見，大致分為三種。

　　第一種是所有以女性生活命運為題材的作品，包括男性作家的婦女題材的創作，這是「廣義」的女性文學。

　　第二種是女作家寫女性的作品，即以女性的眼光，女性的切身體驗，女性的表現方式，專注於女性形象的塑造和婦女命運的思索，尋求婦女徹底解放的道路，這是「狹義」的女性文學。

　　第三種是女性作家的全部作品，包括女性作家婦女題材的創作和社會歷史題材的創作，即女性作家同時面向兩個世界——自我世界和外部世界的全部創作。即使取材於社會生活和歷史事件，因為創作視角來自女性，浸滲於作品中的是女性意識，作品中的女性形象必然溶含著女性作家對其命運的特殊關注和思考。[9]

　　本文將從第三種的角度作為論述的方向。

　　在《二十世紀中國女性文學史》中對於女性文學的界說，也是取第三種意見為研究的對象，意即「以女性為創造主體，呈現女性意識和性別特徵的女性文學」[10]

　　吳宗蕙也認為：「只要是出自女作家手筆，就具有女性文學的特性，就會真切地表現女性的面貌與心理，表現作家的女性主體意識和對婦女解放的獨立思考。」[11]

---

[9]　吳宗蕙：《女作家筆下的女性形象》，北京：首都師範大學出版社，一九九五年十一月，頁1。

[10]　同註二，頁2。

## 二、母愛型的女性小說家──航鷹

本文所要討論的女作家──航鷹（一九四四～～），是新時期老中青三代的女作家群中，屬於中年的一代，她成長於五、六十年代，受過正規的高等教育，她的作品是多方面的，在戲劇和文學兩個領域各有其成就──她以編劇引人注目，又以小說揚名文壇。

航鷹十五歲初中畢業後，到天津人民藝術劇院學習，並且從事舞台美術的工作，她同時還涉獵各種文藝作品，長期累積發現興趣，便改任編輯。她曾「戲稱自己從小就『泡』在藝術裡，幼年時看書看電影，青年時接近舞台熟悉話劇，所以一遇合適的氛圍，她身上的藝術細胞就能迅速裂變為藝術植株，並結出碩果。」[12]

以下將舉例她的四篇小說，來看看這位女作家以其女性的角度，展現她對情感的態度以及觀點。

## 三、展現傳統女性的溫柔敦厚

〈前妻〉寫的是一個剛強的農村老婦的慈善。解放初期，王春花那結婚才兩天的丈夫，因不滿綑綁式的夫妻關係跟上了隊伍，進城後，在城裡組了新家。恪守著傳統觀念的王春花被丈夫離異後，在老家守寡，堅持「離婚不離家」。她含辛茹苦地把兩個女兒撫養長大，抱持著從一而終的觀念，豁達地過著日子。當丈夫城裡的獨生

---

[11] 同註八，頁 2。
[12] 同註二，頁 929。

子為了留在城裡，需要一張證明時，她坦率地把兩家看成一家，絲毫沒有把握這個上天給她的報復的機會，反而成全了他們的要求。

王春花顧念的是那個背棄她的丈夫——快六十歲了，身邊如果沒有兒女照顧怎麼行？同樣身為母親，她想到的是——不能傷了那位「城裡的媽媽」的心；她又想到九泉之下的公婆，如果她不深明大義地顧慮董家唯一命脈的前途，怎麼對得起董家的列祖列宗？

於是我們在王春花身上見到了寬容，見到了仁厚。

航鷹利用王春花的形象，宣揚了中國傳統婦女執著堅毅的美德。

〈明姑娘〉裡大二的高材生趙燦，突然雙目失明，被迫離開學校，就在他對生命失望的時候，他遇到了明姑娘。明姑娘熱誠的幫助他、安慰他，帶給他生活的希望。在公車上，趙燦十分詫異地發現這個主動接送他上下班的明姑娘竟也是個盲人。

身殘志不殘的明姑娘是一位電工，製造電門開關導電柱，為明眼人提供光明。所以，她告訴趙燦正常人能做的事，我們盲人也能做。她還教他料理家務，訓練他生活上自我照顧的能力；她利用各種愉快的樂曲驅散趙燦煩悶的心靈；鼓勵他報名參加業大學習，兩人成了班上僅有的盲人學生。

明姑娘親手編織了一件毛衣送給趙燦，愛情在他們之間萌生，明姑娘對生命的熱情、對生活的熱烈渴望，深深感染了趙燦。

明姑娘明知自己沒有復明的希望，但為了讓趙燦重見光明，便藉口要他陪她到醫院就醫。她堅持要趙燦治療眼睛，奇蹟出現了，趙燦復明了，在盲人運動會上，上台領獎時，他見到了自己擲鐵餅的照片。

趙燦深深感謝明姑娘對他的付出，真誠地希望能和她一起過日子，但明姑娘卻要他安心完成大學的學業。明姑娘語重心長地對趙燦說：

> 請不要把諾言當作束縛自己的繩索⋯⋯如果你在學校學習成績優異，不要為我放棄深造的機會。如果有個姑娘愛上你，對你的事業有所幫助，我將會⋯⋯快樂。[13]

為了不成為趙燦未來事業發展的牽絆，明姑娘痛苦地壓抑自己的感情，悄悄地離開了他，無私地以自己的生命，點燃別人的生命。

航鷹曾提到她寫〈明姑娘〉的宗旨，是針對十年動亂以後，一些青年人前途悲觀失望的現象，歌頌人向命運的挑戰。「我想把明姑娘面前的黑暗，作為一種象徵意義，泛指生活中的一切挫折、失敗、厄運、落榜、待業、失戀、疾病⋯⋯如果青年讀者和觀眾能從男女主人公的奮鬥中汲取精神力量，以積極的態度看待社會與思考人生，我將感到欣慰。」[14]

〈明姑娘〉寫的雖然是殘障的故事，但是小說中全無哀音。航鷹成功地利用了明姑娘的形象，展現中國傳統女性犧牲奉獻的精神。

〈東方女性〉這篇小說的故事發生在八〇年代。二十歲的余小朵愛上了一個有婦之夫，她的母親林清芬接到對方妻子的來信，要到她家和林清芬談談。林清芬找來方我素一起勸阻余小朵。兩個長輩接續說起了一段往事——

---

[13] 滕云主編：《新時期小說百篇評析》，天津：南開大學出版社，一九八五年十月，頁213。

[14] 同前註。

　　身為婦產科主任的林清芬和他的外科主任丈夫老余，結婚已二十多年，兒女在家時，有他們「作為感情的紐帶」，婚姻生活還算過得去；如今孩子先後離家念大學，老余感到寂寞孤單，平靜的婚姻生活，因為年輕的方我素介入，而起了大變化，方我素的人生也因此而改變。

　　老余因為婚外戀而犯了「生活錯誤」，要被下放農村。

　　懷著身孕的方我素求助無門，上余家找不到老余，失去活下去的勇氣，在河邊徘徊。林清芬將她救起，發現她有早產的跡象，將她送進了醫院。她在產台上出現了難產，林清芬經過內心交戰之後，為她接生。後來，她遠走他鄉，林清芬將她的小孩視為己出。

　　聽完了故事，余小朵才發現原來那個小女孩就是她。

　　乍看小說的內容簡介，讀者可能會很詫異林清芬竟有如此的寬容大度，簡直不可思議，不合常理。

　　這篇小說展示的是東方女性特有的美德——寬容，但是大陸方面的評論界有人質疑林清芬的寬容是否體現了美，他們認為她這種不分是非、包攬錯誤的寬容，就很難使人接受。[15]

　　林清芬的寬容表現在對丈夫和情婦的身上。以下我們經由小說中林清芬的內心表白，來分析看看她為什麼會對丈夫和情敵表現如此「不分是非，包攬錯誤」的寬容？

　　當老余向林清芬坦承他的婚外戀時，林清芬覺得她全身所有的神經都壞死了，唯一還活著的感覺是惱怒和羞憤，她狠狠地把他罵了一頓。

---

[15]　胡若定：《新時期小說論評》，南京：南京大學出版社，一九九〇年六月，頁88～89。

　　老余跟在林清芬身後像個做錯事情的孩子，請求她先不要去辦離婚手續，否則會影響女兒大學畢業後的分配；正在入黨準備期的兒子，可能會無法轉正。

　　原本院長是要將老余記大過處分，在醫院勞動兩年，然後再回外科。但老余情願下放到農村，免得鬧得人人皆知。他向院長提出請求：不要向孩子所在的大學透露他下放農村的真實原因，組織考慮到林清芬的處境和他的一貫表現，答應了對外只說他是因醫療事故才受處分的。

　　林清芬聽老余提起孩子，像個洩了氣的皮球。接著她固執地要問出個他所以背叛她的原因；他低著頭，結巴地不知從何說起。林清芬氣得不願再抬頭看他。可是他卻忽然抓住她的手央求說：「再看我一眼吧！哪怕還用那種仇恨的目光！這麼多年來，你一直沒有好好望過我……明天，我就要走了……」[16]

　　林清芬聽了驚異萬分。的確，自從有了孩子後，她再也沒有擁有像戀愛和新婚時，和他眼眸相對的閒情逸緻了。

　　基本上，林清芬和老余兩人的性格差異頗大，林清芬是個「性格內向」，理性重於感性的人；而老余年輕時想當演員，曾考上過戲劇專校，他是個「熱情奔放」，感性重於理性的人，孩子離家後，生活沒有了熱情，他一直渴望生活中有更多的樂趣和享受。過去他常向林清芬抱怨：你太冷了。

　　老余對林清芬說：

---

[16] 馬漢茂（H. Martin）編：《掙不斷的紅絲線》，台北：敦理出版社，一九八七年十月，頁 144。

你是一塊恆溫的玉石，和你碰撞在一起沒有失火的危險。而
我和她都是一塊燧石，稍一磨擦就會成為火種。誰知道這麼
一來就不可收拾了，我像被點燃的爆竹似地把蘊藏多年的熱
力一股腦兒迸發出來，把自己炸了個粉碎……[17]

　　婚姻亮起紅燈，夫妻兩人都要負責任。所以，對於老余這段婚
外戀的錯誤，身為知識份子的林清芬也會去自我檢討。當然，我們
不能為老余開脫，為他的婚外戀找藉口。已婚的人本應對婚姻忠實，
這是無庸置疑的。然而，誠如老余所說的，他這一走不知何時才能
回來。我們設想如果老余不愛這個家，何須顧慮孩子的前途，何須
誠懇地向妻子認錯，乞求原諒。

　　夫妻之間的情分不是說斷就斷的，就像諶容〈懶得離婚〉裡的
那對夫妻，雖然彼此對對方都有抱怨，但還是關心著對方，還是離
不開彼此。

　　林清芬還愛著老余，所以在聽了老余的表白後，她才發現自己
在感情上對老余的粗心；而在老余離去後，她有了更多的時間去反
省自己，因此，當她和老余別後重逢時，她想著：

我同時作為妻子、母親和醫生，作為母親的我和作為醫生的
我一直是清醒著的、狂熱的；而作為妻子的我，卻似乎早已
麻木、冷漠了。而他卻始終是熱情洋溢的……這就是我們之
間的差異！想到這裡，我心中不由得隱隱泛起一股追悔之

---

[17] 同前註，頁 146。

意……飛流躍動的水才能常流常新，而我的愛情卻早已變成
了一潭靜水，儘管永恆，但卻已失去了飛流之美。他坐在一
潭靜水旁邊，無疑是寂寞的。……這種追悔之意，使我激起
了一種強烈的慾望——我們應該重新開始！為了這復甦的
愛，我們應該付出努力。這時，我才明白了自己為什麼能夠
那樣對待他的她，和他倆的孩子。我是那樣地愛著他，愛著
孩子和這個家，唯恐失去這一切……在我們之間還有那麼多
的感情維繫，我要竭盡全力去織補，去修復我們的裂痕……[18]

接著，我們再來分析林清芬何以會對方我素表現出那樣非比尋
常的「寬容」。

其實面對方有素，林清芬的內心一直被「善」與「惡」兩面掙
扎糾纏著。

當林清芬想到她的家已名存實亡，而方我素卻「逍遙法外」時，
她迫不及待地跑到她的劇團去，把她的醜事公佈於眾，她要她名譽
掃地。

處理事情的科長是個女幹部，相當同情林清芬的遭遇，答應會
嚴辦，而且告訴她民憤極大，大家都很同情她。她氣喘吁吁跑上三
樓，看見走廊上掛滿了大字報，方我素被稱為「狐狸精」、「現代潘
金蓮」、「糖衣炮彈」，而老余則被稱作「老流氓」、「老色鬼」之類的——
那是主持正義的群眾對她的支持。

---

[18] 同註一五，178～179。

　　她又看到了一張彩色漫畫，方我素被畫成了人頭蛇身，蛇身纏繞著一個行將就木的老人，那當然指的是老余。此時此刻，我們來看看林清芬的反應——「幸災樂禍的感覺也被嚇跑了，剩下的只是驚慌、憂慮，甚至厭惡。我暫時忘記了自己是受害的妻子，竟為那位沒有看過面的情敵默默擔心起來，她看見這些大字報精神上受得了嗎？她今後還怎麼在劇團裡立身呢？……」[19]

　　這是林清芬第一次的內心掙扎；第二次掙扎則在方我素要自尋短見時。

　　方我素的母親知道她成為人家婚姻的第三者，一氣之下心肌梗塞復發去世了，家人把她趕出了家門，工作單位嚴厲地批判她。

　　懷著身孕的方我素上門找不到老余後離去，林清芬頓時意識到她就是那個第三者——「她竟敢跑到家裡來找老余！竟敢當著我的面問老余！竟敢向我打聽他的地址！熊熊怒火湧上心頭，使我恨得咬牙切齒，看大字報時的憐憫之心一掃而光。」[20]

　　方我素在河邊徘徊，林清芬跟著她，腦中升起一個疑問：「她別是要自殺吧？這麼一想，我又得到了復仇的快意，她這是自作自受，只有一死才能洗去自己的恥辱！」[21]

　　林清芬實在不想管方我素的死活，但是「理智的分析戰勝了感情的憎惡：如果讓她死了，尤其是死在自己家門口，老余就要承擔法律責任！那……他和我的孩子們……我似乎清晰地看見了老余被

---

[19] 同註一五，頁 151。
[20] 同註一五，頁 155。
[21] 同註一五，頁 155。

人戴上手銬，嗚噹入獄的形象，一下子兩腿癱軟，身子無力地倚在了窗台上。母性的愛和女人的恨，像兩把鈍齒鋸子交替鋸著我的心，撕著肉，滴著血。最後，無以匹敵的母愛戰勝了嫉妒心。不能讓她死！」[22]

提到母愛，我們可以來看看小說中呈現了兩個不同的母親的心情。

方我素乞求林清芬的原諒，並哀求著她：「是我崇拜他的學問，喜歡她藝術家一般的氣質……是我主動地獻上自己的感情……當時我沒有想到後果，可是生活很快地就懲罰我了……剛才我在河邊猶豫時，不是留戀自己的生命，只是想到了孩子，我不能帶著無辜的孩子去死……林大夫，救救孩子吧！把他送給沒有孩子的人家……對不起，我不該向您提出這個請求……您也是作母親的，就原諒一個母親的最後願望吧……」[23]

這是方我素的母愛流露，我們接著來看林清芬。

林清芬為方我素接生後，把自己躲起來兩天兩夜。當她得知方我素還是沒有打消自殺的念頭時，她理性地擔心萬一事情爆發「老余在醫學界成為眾矢之的，我們為兒女的前程所進行的努力前功盡棄，就連我自己的名譽也保不住了。」[24]於是，林清芬便盡早為方我素辦理出院，接她回家，以保證她生命的安全。

林清芬內心的第三次掙扎，發生在她把想尋短見的方我素帶回家照顧時。

---

[22] 同註一五，頁 155～156。

[23] 同註一五，頁 161。

[24] 同註一五，頁 171。

　　林清芬用著自己都認不得的聲音去勸著方我素不可輕生，她明白「只有用人間的友愛和溫暖，才能召回她生存的勇氣。」[25]她捧著曾為老余端的臉盆，擰了熱手巾，讓她擦臉。此時，她「心裡狠狠地罵著自己：你怎麼能這樣沒有尊嚴？難道可以原諒她嗎？」[26]可是她同時又拿起了梳子，為她梳頭。

　　方我素對於林清芬的照顧感到愧疚。此時，她突然尖叫起來，是子宮在收縮；林清芬看著她的痛苦，突然感性馬上向她的理性打了一個回馬槍——「這時我完全陷入了感官上的憎惡，剛才的熱情全然消失了。她這是自作自受！我冷眼站在一旁，望著她那痛苦的情狀。」[27]

　　林清芬判定是早產。三更半夜，根本叫不到車子，最後，是林清芬用自行車推她去醫院。這是林清芬內心的第四次掙扎。

　　方我素被送進產房，她出現了難產的徵兆，值班醫生請林清芬去會診。她拖延著時間，她自認已經仁至義盡，怎麼可能還親手去接生他們的孩子？真是滑稽。

　　護士又來催促，說是孩子的胎心音變弱。她以頭痛的理由拖延著，心裡暗暗地升起一個念頭：「胎心音變弱，是很危險的徵兆。如果孩子死了，無論是對她，對老余，還是對我，都是一種解脫。不然，這個孩子怎麼辦呢？只要再拖延二十分鐘，一刻鐘，哪怕是十分鐘，那不應該出生的孩子都可能發生意外……」[28]

---

[25] 同註一五，頁 157。
[26] 同註一五，頁 157。
[27] 同註一五，頁 159。
[28] 同註一五，頁 163～164。

　　這次是醫生出馬，說是產婦出現休克，胎心音也沒有了。此時，窒息空白的林清芬的腦細胞又有了一些活動，方才自私的想法又被刪除了，「而首先復活的是一個理智的信號──生命攸關的此時此刻，職責，醫生的職責……」[29]她覺得她的白大褂一穿上身，就發揮了神奇的作用，她「女人的靈魂被壓抑了，女醫生的靈魂顯現了」[30]她走進手術室，忘記了七情六慾，「甚至忘卻了躺在手術台上的是她。這時的我，只感到寧靜、堅定、自信、專注，只知道面前是病人，我是醫生，救死扶傷的醫生……」[31]這是林清芬內心的第五次掙扎。

　　在大家的搶救下，方我素醒來了，小孩也被生下來，可是那女孩沒有哭，是個死嬰！此時的林清芬又是怎麼樣的呢？她「沒有一點遺憾和憐憫，而是一陣驚喜湧上心頭：孩子死了，醫生們盡了最大的努力，責任不在我們。這是天意，蒼天助我！」[32]

　　方我素呼叫著要看小孩，喚醒了林清芬的職責感──「一個醫生應該做出最大的努力。」[33]她抓起嬰兒的雙腳倒提起來，做拍背呼吸法──「我狠命地朝著嬰兒的背脊打去……我打的是他倆的孩子……說也奇怪，儘管我覺得使出了平生最大的力氣，但我的動作卻始終沒有超過這一搶救法的規範，並且發出了神妙的效果……」[34]終於，林清芬親手把她的丈夫和方我素的小孩帶到了這個世界。人

---

[29]　同註一五，頁 164。
[30]　同註一五，頁 164。
[31]　同註一五，頁 165。
[32]　同註一五，頁 165。
[33]　同註一五，頁 166
[34]　同註一五，頁 166。

道主義精神還是戰勝了林清芬對情敵的仇恨心理，這是林清芬內心
的第六次掙扎。

　　小孩被救活後，林清芬從醫院逃回家中，一下子撲倒在床上，
想起這一切都不是出於她的本意，可是她又對一切都執扭不過，她
覺得，這件棘手的事情，如同一根堅硬棗木杖，在它跟前她成了個
軟麵團兒，接著她又恨自己想起棗木杖，因為老余喜歡吃自己　家
常麵，她就經常用那根棗木杖　麵給他吃。她十分感慨地想著：

> 我，現代的知識婦女，大學畢業生，婦產科主任，仍然在家
> 裡繫上圍裙給丈夫擀麵條兒！我真像封建社會舊式婦女那
> 樣，是一堆軟麵團兒麼？不是，絕對不是！但是，現在這是
> 怎麼啦？我被那棗木杖捲起擀呀擀，舒展成平面又捲起來，
> 捲起來再舒展成平面……我的心被一把鋒利的刀切成了一條
> 條兒，分別給了工作，給了事業，給了那些產婦，給了那些
> 新生兒，給社會，給職責，……還有呢！給女兒，給兒子，
> 給……給那負心的丈夫！甚至還要給她和她的嬰兒……那麼
> 我自己呢？原來的自我呢？[35]

　　林清芬對自己發出了這樣的疑問。但其實從這樣的自問中，她
自己也獲得了成長。

---

[35]　同註一五，頁 167。

　　胡若定提到：有人認為，林清芬對方我素表現了過份的同情與寬宏；但胡若定認為：「如果從小說的情節實際考察，我以為這種同情與寬宏是值得肯定的。」[36]

　　的確，筆者相當贊同胡若定的看法。經由以上的分析，便不難理解林清芬對他們兩人的「寬容」並不是那種「不分是非，包攬錯誤」的寬容。林清芬不是聖人，她也有凡人自私陰險的一面，特別是在她對方我素「寬容」的過程中，內心有過幾次強烈的掙扎。

　　至於林清芬的「善」終究還是戰勝了她的「惡」，有三點是不容忽視的。第一點是她的職業使然。醫生是救世濟人的，總比其他人更具有善心。當老余和方我素誠懇地對她坦承錯誤時，她又怎麼忍心再對在她面前乞求原諒的罪人落井下石呢？第二點是，我們別忘了林清芬和老余都是具有社會地位的人，誠如諶容〈錯，錯，錯！〉裡的汝青所說的，知識份子都有一個通病——愛面子。而這所謂的「面子」問題，在林清芬幾次的內心掙扎中也起了相當的決定作用。還有一點是，林清芬雖然在事業上有她自己的一片天空，稱得上是現代女性，她扮演的是不同於傳統女性的角色，但這並不表示她的人格特質也是不同於傳統的，怎麼說呢？因為一個人的人格特質的養成並非一朝一夕，而是經過漫長而複雜的塑造的。因此我們見到外表現代，內心傳統的林清芬在面臨衝突時的妥協。

　　我們可以再從「道德觀」的觀點來看林清芬。自女性主義興起後，各方面的研究也都受到相當的挑戰與衝擊，在西方研究「道德

---

[36] 同註一四，頁90。

發展」的領域中，吉利根（Gilligan Debate）的論辯是相當著名的。針對她所提出的「女人特有的倫理觀點」，她認為：「女人有一種特別強調關心別人、不傷害別人的倫理觀——她叫它做『關心倫理』，相對於男人強調權利、公平的『正義倫理』。」[37]在林清芬的身上我們的確見到了這樣的「關心倫理」，她能認清丈夫道德觀的缺失，又不失掉自我地檢討事件發生的前後關連，以女性陰柔的道德判斷，去體諒關心對方，這正是吉利根所說的成熟的女性道德觀。

　　此外，值得一提的是造成林清芬沒有和丈夫離異，還有一個不可忽略的原因就是中國的「離婚難」的問題。

　　在諶容的小說〈懶得離婚〉中，我們見到這樣的統計數字：在一百對提出離婚的夫妻中，一年內辦成離婚手續的僅占百分之二；二年到三年辦成的占百分之八；三年到五年辦成的占百分之十二；十年尚未辦成的占百分之六十。有一位工程師，二十五歲時提出離婚，現在年過半百，兩鬢斑白，還沒有離成。

　　當時要離婚是相當不容易的：要調解，要調查，要上法院。要把好多私事公諸於眾，弄得身敗名裂，我們可以舉張潔〈方舟〉裡的三位女主人公離婚的艱辛過程來看。

　　柳泉為了要擺脫把她當作性工具的丈夫而要求離婚，可是僅僅為了爭奪兒子的撫養權，那離婚案就拖了五年之久。兒子成了丈夫的人質，他說要離婚就別想要孩子，要孩子就別想離婚，她幾乎快被折磨成神經病了。

---

[37] 轉引自吳婉茹：《八十年代台灣女作家小說中女性意識之研究》，台北：淡江大學中國文學研究所碩士論文，一九九四年一月，頁五〇。

　　小說中另外兩位女主人公——梁倩和丈夫分居，丈夫料定梁倩家庭的社會地位不允許她離婚，她的父親和父親的老戰友絕不允許她為離婚的事鬧得滿城風雨，這不但會敗壞梁家的門風，似乎也敗壞他們每一家的門風；荊華是順利離了婚，但也不敢再有結婚的奢望——

> 只要想起離婚這件事，她們到現在還心有餘悸，膽戰心驚。難怪一般人都要在離婚這一個詞彙前面，加上一個「鬧」字或「打」字。對嘍！「鬧離婚」，「打離婚」。哪一樁離婚案不是鬧得死去活來，打得人仰馬翻？兩個人如不鬧到恨不得一口把對方咬成兩半兒的仇人，那就算不得離婚。[38]

　　因為她們是那樣地走過，所以感受得到切膚之痛，她們認為離婚是一場身敗名裂，死去活來的搏鬥，怎麼說呢？

　　誰要想離婚，那就得有十足的勇氣，丟掉一切做人的尊嚴，把自己頂隱秘的、頂不好意思說出口的，甚至像自己突然間失去了某種生理上的功能，夫婦生活已經成為一種恐怖和災難這樣的理由，對形形色色陌生的，有權干預你的婚姻的人們，重複、申訴個上百遍，以求他們理解，以求他們恩准。這理由對他們也許荒誕無稽，對你卻是生命攸關。這景況如同把衣服扒個精光，赤身裸體地站在千百人的面前。[39]

---

[38] 張潔：《方舟》，台北：新地出版社，一九九〇年四月，頁29。
[39] 同前註，頁30。

　　透過以上文字敘述的歷歷在目，我們更不難想像在中國離婚的困難重重。

　　關於社會輿論對離婚女子的看法，我們來看看〈方舟〉中所說的：「四人幫」橫行的那幾年實行半夜三更清查戶口，離過婚的荊華和柳泉的單元沒有一次不被查的，好像她們那裡藏著好幾個野男人似的。起先她還以為家家都得查，後來才知道人家是有重點的。在一般人眼裡──「離過婚的女人，都是不正經的女人」[40]就〈東方女性〉林清芬的社會地位來說，這也有可能是她在冷靜考慮下所顧慮的。

　　林清芬和柯雲路〈夜與晝〉裡的文倩嵐一樣，當她們得知丈夫有了婚外戀時，憤怒地只想結束婚姻，她說──

> 我的丈夫，我癡愛的丈夫，我侍候了大半輩子的丈夫，兩個大學生的父親，受人尊重的外科醫生，竟然做出了這種丟臉的事情！竟然如此絕情地背叛了我們！……我不是封建時代的小腳女人，是個知識婦女，怎麼能夠忍受這種屈辱？[41]

　　但最終她們還是沒有和丈夫離婚，也許因為「在因襲文化的浸染下，她們的離異觀也更保守、對離婚的後顧之憂也較男子甚」[42]比如，孩子的前途，就是最大的考慮因素，單就這一點來說，母親比起父親更會有所顧慮；再者，也許因為「傳統觀念的根深蒂固，離

---

[40] 同註三七，頁 35。

[41] 同註一五，頁 142。

[42] 徐安琪主編：《世紀之交中國人的愛情和婚姻》，北京：中國社會科學出版社，一九九七年九月，頁 101。

異女子在婚姻市場上往往更具劣勢，她們因生理上已『失貞』（結過婚就不是「黃花閨女」了）和名譽上的『失分』（離異女性常被疑為行為不檢點或缺乏溫順、賢淑的傳統美德）而自身價值被貶，再婚前景往往不如離異男子樂觀。」[43]

林清芬把無家可歸的方我素和小孩接回家照顧，並寫信要老余回來一趟。老余回來那天，正好是孩子滿月。方我素準備抱著小孩離去前，承認成為第三者的錯誤，並祝他們夫妻幸福。林清芬主動接受了方我素的小孩。

這是一個受過教育的高級知識份子處理事情的態度，林清芬的理性，在此時發揮了作用。對於妻子對方有素和他們的小孩的付出，老余注定是幾輩子也還不起了。林清芬的寬容不僅挽回了她的婚姻，重要的是也挽回丈夫對她的愛與尊重。

方我素到外地奮鬥，不再去看望他們。她從演員成為編劇，組織了家庭。一直到老余過世，她才出現。

所以，與其說林清芬是對丈夫和情敵「寬容」，不如說她是對自己「寬容」。因為，如果說老余並不愛她，這段婚姻並不值得她留戀，那麼她還對丈夫和情敵「寬容」，那就是她的愚昧。但是，她既承認她在婚姻經營上的疏失，而且承認錯誤的老余，是她仍舊愛著的、在乎的，那麼她給這段婚姻一個機會，無非是讓自己釋懷，「寬容」自己。

---

[43] 同前註。

航鷹有著很濃重的家庭倫理觀念，她的這篇小說不僅告誡已婚者要用心經營婚姻，而且還從側面去批判婚外戀情。她藉著方我素的口，讓她在走過那樣一段婚外戀後，勸小朵說：

> 「不管多麼濃烈的感情，都不可能沒有思維和理智的成分。
> 這也就是幹什麼事情都要考慮後果，比如說孩子……」
> 「愛情是排他性的，但不應是害他性的。如果是以傷害別人
> 為前提，何談純潔、美好呢？」
> 「你想過沒有，在別人的東西中，什麼是最寶貴的？不是金
> 銀珠寶，是感情，是家庭的和諧與幸福。難道這不是人類視
> 為最珍貴的東西嗎？」
> 「我並不片面地反對離婚，如果夫妻之間確實失去了愛情，
> 硬把他們拴在一起是不道德的。你是否清楚你所愛的人在和
> 你認識之前的生活情況？」[44]

在小說中我們可以感受到航鷹有意提示一個家庭的健全與否對小孩的影響。她的另一篇小說〈紅絲帶〉講的是一個在破碎家庭中長大的女孩，原本抱定獨身主義，但後來還是融化在真愛中。

三十四歲的雪妮是個美術編輯，小時撞見父親婚禮上新娘子頭上的紅絲帶，紅色變成了她的夢魘；母親被父親離棄後再婚，有了和新爸爸的小孩後，她便被忽略了。她孤僻地成長，長久以來，對婚姻總是望之怯步。

---

[44] 同註一五，頁 136～137。

　　韓秋實用心為學生們設計課外大自然教學，令雪妮感到訝異，他那赤子之心更令她欣賞，雪妮初戀的喜悅被喚醒了；透過學生們的無邪，雪妮母性的柔情也受到撼動。她凍結的冰層開始融化。

　　在他們交往的一年裡，他不但開啟了她的心扉，也和她原本保持距離的同事打成一片，為她重建人際關係的信心。她覺得很快樂。可是她總是在韓秋實要向她表示時，驚慌地把話題岔開。她心裡掙扎著：

　　　幼年時代的陰影竟是那樣頑固，我如同站在懸崖上，不敢向前邁進一步。未來，誰能說得準呢？男人在結婚前都是完美、乖巧的……我知道，清清楚楚地知道，他，是我一生中第一個，也是最後一個所愛的人了。但是，一旦日後失掉他，不如現在不得到……我咬緊牙關，默默地忍受著，忍受著強烈到怕失掉而不敢去愛的愛情。[45]

　　韓秋實不明白雪妮的過往與壓抑，自認配不上她，對她提出分手，這教雪妮慌了，她不顧尊嚴留住了他，悲苦地說：

　　　「我怕……怕得厲害。」
　　　「怕什麼？我不會欺負你的。」
　　　「我脾氣古怪。」
　　　「我可以改變你。」
　　　「我身體不好。」

---

[45] 航鷹：《東方女性》，台北：新未來出版社，一九九一年二月，頁124。

「我可以照顧你，我什麼都會幹。我學會了那麼多家務活，就是為了找到一個我願意伺候的女人。結婚以後，除了生孩子，什麼都由我來。你只管畫你的畫，多作些……嘛，《藍色的夢》！」他熱情洋溢地說著，捧起我的臉，讓我看牆上的畫。孩子？他在說我們會有孩子！我顧不上害羞，直瞪瞪地盯著他的眼睛問：「這麼說，你想要孩子？」

「當然！我都三十六歲了。」

「那……你會和我離婚嗎？」

「哈哈哈！哪個男人結婚是為了離婚的？」他好笑地反問。

我卻鄭重其事地說：「可是，結婚前熱烈地愛一個女人的男人，日後拋棄妻子的有的是！」

「我不是那種人，你知道我不是。我們為什麼要討論這個無法印證的問題？」

「正因為無法印證，所以才不能要孩子。」我難過地表示：「孩子是無辜的，萬一……我受夠了，小時候，受夠了……」

他沈默了，但把我的肩膀摟得更緊了。一串涼津津的水滴落到我的額頭上，是他的眼淚。他喃喃地說：「明白了……沒有想到因為這個……你放心，結了婚，有了自己的家，就好了。你會重新獲得一個完整的家。放心，我們會有孩子，最好是個兒子，我的孩子的童年，不會和他可憐的媽媽一樣……你答應我麼？」[46]

---

[46] 同前註，頁 126～128。

婚後，韓秋實的確幫助雪妮走出了陰霾，他們有了自己的女兒，雪妮在女兒身上彌補了自己從小的缺憾。

作者透過這段相知相許的愛情，讓原本將淒苦地度過餘生，永遠無法體味愛情的美好的雪妮走出黑暗，同時也揭示了夫妻離異所遺留的社會問題，其間涵蓋了作者的批判和關懷。

五四時期和新時期是我國女性文學的兩次高漲期，尤其是新時期以來的中國文壇，崛起了一大批富有才情的女作家，透過她們的筆，塑造了一個個形象各異的女性，為中國的女性文學增添亮麗的色彩，航鷹也是其中的重要功臣。

《當代中國文學名作鑑賞辭典》中說：「在航鷹十幾年的創作生涯中，她以女性特有的細膩的筆觸和溫柔的愛心，描繪了一批具有亮麗色彩的女性。……作者在她們身上寄託了自己對人生，對理想，對幸福的理解與感受，並因此而形成了特有的創作風格，以情見長，賦予生活以詩意般的色彩，挖掘人的內心世界中淨化的一部份，從而反襯出生活中那些醜陋的一面。」[47]

由於社會、文化和本能的因素，造就兩性人生體驗的不同與心理結構的差異，因此，我們絕對無法想像航鷹筆下這些家庭倫理道德系列的作品，若出自於男性作家會是怎樣的一番情狀。這也正是筆者肯定「女性文學」的最大原因。

我們透過航鷹的小說，見到了在女性文學裡的女性的基本特徵，還有她們特殊的風格和氣質。事實上，若非因為女性作家的性

---

[47] 陶然、常晶編：《當代中國文學名作鑑賞辭典》，遼寧：遼寧人民出版社，一九九二年八月，頁 201。

別本身，是很難將她們的特殊感受與體會，以感同身受的方式，接
近心靈地全然呈現的。

（原載於《中國現代文學理論》季刊，二〇〇〇年六月，第十八期）

# 張抗抗

（一九五〇～）


　　張抗抗是北大荒的知青作家，出生於杭州的一個知識份子家
庭，父親是《浙江日報》政教組的負責人，母親是《浙江日報》的
記者。雙親為她命名為「抗抗」，原是寄託著他們的信念和願望，他
們結識於抗日戰爭，抗抗誕生又適逢抗美援朝之際，他們希望在抗
抗血管裡流動的，不僅有女性的柔弱，還要有奮發抗進的精神。關
於張抗抗的名字，她本人說過：「由於我的名字注定要同抵抗、抗禦、
反抗等相關係，我想我的一生大概永遠不得安寧。」[1]

　　一個文學家往往是在困阨的環境，人性遭遇壓抑的處境下誕
生，張抗抗就是一個實例。

　　家庭、學校與自然地域環境的啟迪薰陶，不可諱言的，是造就
張抗抗成為文學家的重要因素之一；然而，還有另一個重要因素，
一九五二年，張抗抗的父親蒙上了不白之冤，她不明白這個曾賣掉
結婚戒指去支援革命的父親，竟被說成有「歷史問題」。張抗抗在學
校受到了很大的傷害，提早結束了快樂的童年。

---

[1]　呂晴飛主編：《當代青年女作家評傳》，河北：中國婦女出版社，一九九〇六
　　月，頁482。

在成長的階段，她嘗盡了知青所有的辛酸。在北大荒八年的時間裡，她當過農工、瓦工、通訊員，種菜、壓瓦、伐木、做科學研究、寫報導，她結了婚，又離了婚，身為一個有了孩子的女人，她的苦楚又多了一層，她回憶那段生活說：「幻想的破滅，希望的消失，使我的心幾乎凍凝，這其中也包含一部分個人生活的挫折。我的內心充滿了憂鬱和痛苦。」[2]然而，也因為這八年的艱苦和磨練提供了她日後創作的泉源。

張抗抗是個有思想、有見解的新時代女性，因為在文化大革命中飽嚐人世的風霜，磨練出一股勇敢抗爭的精神，她重視自我，認真生活，所以特別關注女性與男性、與社會、與家庭的種種關係，透過她的作品相信能夠讓女性得到更多的自省，讓男性對女性有更多的瞭解。

---

[2]　同前註，頁 483。

# 大陸女作家張抗抗及其〈北極光〉

　　張抗抗是北大荒的知青作家，一九五○年出生於杭州的一個知識份子家庭，父親是《浙江日報》政教組的負責人，母親是《浙江日報》的記者。雙親為她命名為「抗抗」，原是寄託著他們的信念和願望，他們結識於抗日戰爭，抗抗誕生又適逢抗美援朝之際，他們希望在抗抗血管裡流動的，不僅有女性的柔弱，還要有奮發抗進的精神。關於張抗抗的名字，她本人說過：「由於我的名字注定要同抵抗、抗御、反抗等相關係，我想我的一生大概永遠不得安寧。」[3]

　　一個文學家往往是在困阨的環境，人性遭遇壓抑的處境下誕生，張抗抗就是一個實例。

　　家庭、學校與自然地域環境的啟迪薰陶，不可諱言的，是造就張抗抗成為文學家的重要因素之一；然而，還有另一個重要因素，一九五二年，張抗抗的父親蒙上了不白之冤，她不明白這個曾賣掉結婚戒指去支援革命的父親，竟被說成有「歷史問題」。張抗抗在學校受到了很大的傷害，提早結束了快樂的童年。在成長的階段，她嘗盡了知青所有的辛酸。在北大荒八年的時間裡，她當過農工、瓦工、通訊員，種菜、壓瓦、伐木、搞科研、寫報導，她結了婚，又離了婚，身為一個有了孩子的女人，她的苦楚又多了一層。她回憶

[3] 呂晴飛主編：《當代青年女作家評傳》，河北：中國婦女出版社，一九九○年六月，頁482。

那段生活說：「幻想的破滅，希望的消失，使我的心幾乎凍凝，這其中也包含一部分個人生活的挫折。我的內心充滿了憂鬱和痛苦。」[4]然而，這般的憂鬱和痛苦卻成為張抗抗創作的泉源。

人性，是新時期文學一個共同的主題，張抗抗利用〈北極光〉這篇愛情小說去呼籲：女性的個性、尊嚴和權利，是必須從長期被壓抑的環境中給開掘出來，並加以重視的。

在女主人公陸岑岑的愛情生命中出現了三個男人——

傅雲祥和陸岑岑是經由他人介紹認識的，傅家的條件令陸岑岑的媽媽相當滿意——傅雲祥的父親是處長，他則是個三級木匠，人長得高大英俊。但是，對於這個功利主義的未婚夫，每天忙著交際應酬，到處拉關係，陸岑岑總嫌他市儈無大志，她尤其受不了他與那群朋友庸俗的聊天和烏煙瘴氣的麻將聲。

費淵和陸岑岑是同一所大學的同學，一次，他們不期而遇，閒聊起來。在暢談中，陸岑岑被他的談吐所吸引，同時也發現費淵是個悲觀主義者，他覺得人性是自私的，現實是黑暗的，理想是虛偽的，年輕人的唯一出路只能是自救。

曾儲和陸岑岑在費淵的宿舍相識，他是學校裡的水暖工，老師為他說了一些好話，才得以進入業餘大學日語系插班進修。他有著不幸的身世。從小是個孤兒，和陸岑岑一樣當過知青，後來進廠當管理員，因為揭露廠領導的不法行為，遭到報復，同時又因為與天安門事件有牽連，被捕入獄，女朋友也因此離開了他。然而，雖然

---

4　同前註，頁 483。

如此，他對人生的看法，卻和費淵正好極端，是個樂觀主義者，他認為個人想要得到幸福，必須先以實現社會的共同幸福為前提。他對生活的熱情，使陸岑岑對他產生了很大的興趣。

作者利用陸岑岑對「北極光」的嚮往——小時舅舅告訴過她，北極光的神奇美麗，誰要是能見到它，誰就會得到幸福——陸岑岑先後對三位男主人公提起北極光，而他們的不同看法，呈現了不同的人生觀，決定了陸岑岑的選擇。

傅雲祥——

> 「那全是胡謅八咧，什麼北極光，如何如何美，有啥用？要是菩薩的靈光，說不定還給它磕幾個頭，讓它保佑我早點返城找個好工作……」[5]

費淵——

> 「出現過？也許吧，就算是出現過，那只是極其偶然的現象。」
>
> 「可你為什麼要對它感興趣？北極光，也許很美，很動人，但是我們誰能見到它呢？就算它是環繞在我們頭頂，煙囪照樣噴吐黑煙，農民照樣面對黃土……不要再去相信地球上會有什麼理想的聖光，我就什麼都不相信……」[6]

---

[5] 中國作家協會創研室編：《公開的"內參"》，長春：時代文藝出版社，一九八九年三月，頁 20。

[6] 同前註，頁 52。

曾儲——

> 「十年前，我也曾經對這神奇而美麗的北極光入迷過⋯⋯我
> 是喜歡天文的，記得我剛到農場的第一天，就一個人偷偷跑
> 到原野上去觀測這宏偉的天空奇觀，結果當然是什麼也沒有
> 看到⋯⋯我問了許多當地人，他們也都說沒見過，不知道⋯⋯
> 我曾經很失望，甚至很沮喪⋯⋯但是無論我們多麼失望，科
> 學證明北極光確實是出現過的，我看過圖片資料，簡直比我
> 們所見到過的任何天空現象都要美⋯⋯無論你見沒見過它，
> 承認不承認它，它總是存在的。在我們的一生中，也許能見
> 到，也許見不到，但它總是會出現的⋯⋯」[7]

　　隨著婚期的逼近，陸岑岑內心的困惑更加強烈，終於就在傅雲祥強拉著她去拍結婚照，在即將穿上婚紗的剎那，她逃出了照相館，決心去找尋她理想中的愛情，她「寧可死在回來了的愛情的懷抱中，而不是活在那種正在死去的生活裡」[8]。

　　陸岑岑對於再度尋求復合的傅雲祥說：「你沒有對不起我，我只是怕對不起你也對不起自己⋯⋯」[9]此時，陸岑岑才正視到自己的存在，才注意到自己的看法與感覺。從那一刻起，她才是真正為自己活著的，因為她怕會對不起「自己」。我們從陸岑岑對愛情的堅持，看到了她女性意識的覺醒，而這種覺醒代表的是女性可以在人格與經濟獨立的條件下，擺脫對男性的依附。

---

[7]　同註三，頁 120。
[8]　同註三，頁 89。
[9]　同註三，頁 111。

對於這段婚姻她也掙扎過，她在心中對傅雲祥坦白說——

> 這樣結合的婚姻只能是加快走向墳墓的速度。原諒我這樣
> 說，我一直無法擺脫這個感覺。我和你在一起並不快活，我
> 從來沒有嚐過愛情的甜蜜，這是事實。我不愛你，我也不知
> 道你是否真的愛我，或許你的愛就是那樣的罷。我欺騙了自
> 己很久，強迫自己相信那只是我的錯覺，結果也欺騙了你。
> 雖然我從沒想過要欺騙人，可是這種感覺卻一天比一天更強
> 烈地籠罩了我。人是不應該自欺欺人的，無論真實多麼令人
> 痛苦……[10]
>
> 我們見到此時此刻的陸岑岑有著最清明的具有思考的心，她
> 正視內心的感覺，不再逃避現實。
>
> 在那樣的社會背景下，陸岑岑不禁要對傅雲祥說：
>
> 我記得你給過我的所有關心，可是我卻不能不能愛你……假
> 如社會能早些像現在這樣關心我們，不僅給我們打開眼界和
> 思路，而且為我們打開社交的大門，假如這一切變化早些來
> 到我們心上，假如我早些知道自己應該怎樣去生活，也許這
> 樣的事就不會發生了……[11]

在當時有限的社交環境中，陸岑岑當然無法為自己設計一個擇
偶的標準，她只能透過與對方的交往，隨著時間的累積，漸漸地瞭
解對方是怎麼樣的一個人，是否適合她。一些評論家如果只是失之

---

[10] 同註三，頁 112。
[11] 同註三，頁 113。

偏頗地站在另一個角度去看陸岑岑，而忘了人在婚前還是有選擇的餘地，甚至也忘了人在婚後還是有追求幸福的權利，那在他們眼中的陸岑岑當然不是什麼三貞九烈的女子了。

張抗抗說：「我寫北極光，內心深處抱著一種美好的祝願，願青年們能在理想的召喚下，看到希望，加強自信力，從而由徬徨、猶豫、朦朧走向光明。」[12]

〈北極光〉發表後，曾在評論界引起爭議，中心議題是圍繞著作品所反映出的愛情婚姻方面的倫理道德觀展示的。有一種看法認為：岑岑所缺少的不是以愛情為基礎的婚姻，而是以自我犧牲為基礎的愛情。岑岑那種一個稍稍中意的情人就會使她遺棄原來的愛人的做法，說明她自私自利的算計。評論者認為要使婚姻保持長久幸福，就必須雙方保持忠誠，互為對方犧牲，在犧牲中體現幸福。[13]

筆者認為這種說法有欠妥當。當然，要使婚姻保持長久幸福，必須雙方保持忠誠，但這「雙方」必須是真心相愛的雙方。陸岑岑並不是一個水性楊花、朝三暮四的女人，表面上看來，她已和傅雲祥「登記」，卻又能在那麼短的時間內喜歡上別人，顯然對感情不忠實；但事實上，這正是因為她和傅雲祥所建立的並不是愛情，或者，勉強說是愛情，但也是脆弱的、不堪一擊的愛情。我們來看當陸岑岑決定逃婚時，傅雲祥第一個反應是：他要怎麼向家人、向大伙兒交代；而不是檢討為什麼會讓陸岑岑有逃婚的念頭。由此，可以想像他們之間愛情的「深度」。

---

[12] 滕云主編：《新時期小說百篇評析》，天津：南開大學出版社，頁248。
[13] 同前註，頁252。

　　基本上，陸岑岑和傅雲祥交往後，漸漸發現無法接受這個人，所以，他們的「愛情」根本經不起考驗，以致當她遇上了費淵後，被他的才智和信仰所吸引，她甚至不明白自己會不由自己地多次找藉口，製造和費淵見面的機會，她原以為可以在費淵身上找到她理想中的愛情，然而，當她見識到費淵自私的真面目而失望後，她又更進一層的覺醒，在她的愛情選擇中再度更新自己的精神境界，最後終於在曾儲的世界裡找到自己心中那片美麗的「北極光」，給了實現自己價值觀和人生理想的新方向。

　　如果要說陸岑岑有過錯的話，那就是她未能妥善處理她的愛情。她既然不欣賞傅雲祥的性格和生活，就該慧劍斬情絲，在沒有約束的單身狀況下，去「比較」、「選擇」出她理想的伴侶，而不是在和傅雲祥有了婚姻約定後，才又猶豫不決，背著傅雲祥精神出軌，這當然是不忠實的。

　　但是，我們試著換一個角度來看，就陸岑岑當時所處的現實環境，傅雲祥對她來說，確實是她最好的選擇，我們可以見到小說中當傅雲祥請求她回頭時，她也曾動過回去的念頭。愛情與麵包，是很難取捨的，此乃人性的弱點，基於這一點，我們便不好過於苛責陸岑岑了。

　　張志國在〈對美好理想的追求〉一文中就指出：作者是通過小說主人公陸岑岑對愛人的選擇，來表現她對生活的選擇，對美好理想的追求。……陸岑岑同傅雲祥決裂，與費淵分道揚鑣，而最終選擇曾儲，並不說明她在愛情問題上不嚴肅，只能表明她是把愛情的選擇同人生道路結合在一起的，並且把後者看作是締結婚姻的基礎。[14]

---

[14] 秋泉：〈《關於北極光》的討論綜述〉，《作品與爭鳴》第四期，一九八二年四

　　如果不是陸岑岑遇上了費淵，遇上了曾儲，改變了她的想法，給了她出走的力量和支柱，也許她還是會在無愛的婚姻中，遺憾地度過一生；但是，陸岑岑還是做出了改變她一生的選擇，勇敢地面對父母的責罵，鄰居、朋友的斜眼和奚落，她拋棄了名聲、尊嚴和榮譽，忠心地面對自己的決定，那的確是需要相當大的勇氣的。

　　當陸岑岑覺醒後，她的思想有了很大的成長，且看她逃離傅雲祥後的心理活動——

> 　　人活著到底是為什麼呢？人生的意義又到底是什麼？我想得頭疼、發昏、發炸。可是我沒有找到回答。也許永遠也找不到。但是我不願像現在這樣活著，我想活得更有意義些，這需要吃苦，需要去做許許多多實際的努力，而在事先又不可能得到成功的保證，我知道這在你是決不願意的。可是我看到了在你和我的生活之外，還有另一種生活，在你以外，還有另一種人。假如你看見過，你就會對自己發生懷疑，你就會覺得羞愧，會覺得生活完全不應是現在這個樣子……[15]

　　我們再來看看當她鼓起勇氣拒絕了已經和她辦過「登記」的未婚夫，而走向費淵時，她說：「無論如何，我不應向命運妥協。過去，是無知，是軟弱，自己在製造著枷鎖，像許多人那樣，津津有味地把鎖鍊的聲音當作音樂……可是突然你明白了，生活不會總是這

---

　　月，頁64。
[15] 同註三，頁112。

樣，它是可以改變的。在那枷鎖套上脖子前的最後一分鐘裡，為什麼不掙脫？不逃走？我想，這是來得及，來得及的……」[16]

陸岑岑在走過的痕跡中，勇氣地承認過去的錯誤，並且把以前費淵對她說過的話，拿來作為讓自己更站得住腳的理由：「你說過，人生的目的就是追求現世的幸福。而從戀愛的角度談幸福，就是獲得他所愛的人的愛。每個人都應該珍惜自己的存在，努力擺脫舊的傳統觀念的束縛，人應當自救！」[17]她表示她不要再錯下去了，她要找尋她的真愛，無論付出多大的代價，她要費淵告訴她該怎麼辦？

這時陸岑岑的表現比起那個教她欣賞的有思想、有學識的費淵，更具有膽識。我們來看看費淵給她什麼樣的答案——「生活很複雜，人生，虛幻無望……我們能改變多少？即使你下決心離開他，生活難道會變得多麼有意思嗎？……我沒法回答你……你想想，別人如果知道我支持你和你的……未婚夫決裂，會……」[18]當然，陸岑岑希望得到的是鼓舞的肯定，而費淵的這個答案教陸岑岑愛情的金字塔徹底倒塌了。相較於陸岑岑勇於面對現實挑戰的精神，費淵則在前後矛盾不一的言論中，顯得更為怯懦，毫無擔當。但陸岑岑自己很快地爬起來，忍著淚向費淵道別，並自問：「我會愛他這樣的人嗎？」。

張抗抗在〈女人的極地〉文末期許：「假若每個女人都能按自己心中理想男人的標準去選擇男人，女人才能走出寒冷的南極圈，在情愛的赤道地帶，大聲呼喚被困於北極的男人。」[19]

---

[16] 同註三，頁 78~79。
[17] 同註三，頁 79。
[18] 同註三，頁 80。
[19] 張抗抗：《女人的極地》，台北：業強出版社，一九九八年四月，頁 8。

　　當中國的知識女性受了教育，有了經濟能力，不再為生活的溫飽發愁，便開始要求精神層次的提升，她們懂得去追求心靈的滿足，特別是情感心靈的滿足。因此，陸岑岑淘汰了志不同的傅雲祥，淘汰了道不合的費淵，在這樣的過程中，她重新確立了價值觀，有了足夠的自信與認知，最後，選擇了志同道合的曾儲。

　　所謂的「志同道合」指的是：人生目標一致，志趣相同，或者所從事的事業相同。在新時期的女性小說中，有的寫的是，因為不是志同道合所結合的婚姻，而造成的婚姻悲劇；有的則是強調唯有志同道合的愛情，才能邁入真正的幸福的婚姻。在過去有太多因為長輩代定、政治因素、利益輸送、甚至關乎工作分配而結成的夫妻，這種婚姻不是痛苦，就是離異，女作家敏感地見到了這樣的不幸，所以，在新時期的女性婚戀小說中，有不少就直接或間接在宣揚志同道合的愛情的重要性。

　　張抗抗在一九八二年第四期的《文匯》月刊，發表了〈我寫〈北極光〉〉一文，針對小說的主題思想、人物塑造、愛情表現、新人形象及小說的創作手法等問題，談了自己的意見。

　　張抗抗說：「《北極光》是一部反映當代青年對人生、理想的思索、追求為主題的小說，通過岑岑對三個抱不同人生態度的青年的選擇，體現她對生活道路的選擇。岑岑對三個青年逐步的認識過程，也是岑岑的思想演變、發展、完善的過程。因此從朦朧到清晰、從徬徨到覺醒、從尋求到投身，這就是岑岑的性格基調，也是《北極光》的性格基調。」[20]由這段話很能體現作者賦予陸岑岑女性意識的覺醒。

---

[20] 艾維：〈張抗抗就《北極光》的反批評〉，《作品與爭鳴》第九期，一九八二

張抗抗對於婦女解放一直有她獨到的見解，她認為婦女文學真正的責任在於提高婦女，而提高婦女的自我意識是長期而艱鉅的。她在〈我們需要兩個世界〉這篇文章中，提出了中肯而客觀的呼籲——

> 如果我們真心希望喚起婦女改變自己生活的熱情，那麼我們在作品中一味譴責男人是無濟於事的。我們應當有勇氣，正視自己，把視線轉向婦女本身，去啟發和提高她們（包括我們女作家自己）的素質，克服虛榮、依賴、嫉妒、狹隘、軟弱等根深柢固的弱點。只有當我們用自己的勞動證明了我們的價值，才能有力地批判男性中大量存在的大男子主義、自私、狂妄、粗暴、冷酷等痼疾，也才能真正贏得男人們的尊敬。[21]

在七〇年代的文學作品中出現了不少只談革命不談愛情，不愛紅裝愛武裝的「男性化的女人」的形象。張抗抗並不贊同這種被「雄化」的女性形象，她認為這樣的形象被當成婦女解放的標誌，其實是更大的倒退，是對人性的嚴重歪曲。她說——

> 如果扼殺大自然賦予我們的女性美和女人柔韌溫婉的天性，無異於扼殺我們的生命。中國幾乎經歷了一個沒有女人的時代。教訓沈重而慘痛。而生活在今天這樣一個開放的時代的

---

年九月，頁67。
[21] 張抗抗：《女人的極地》，台北：業強出版社，一九九八年四月，頁102～103。

　　婦女，她們比任何時候都更珍視自己的女性特質，她們並不一定非要和男子做同樣的事情，而是要以與男子同樣的自信和才能，去做適合她們做的事情。她們絕不僅僅希望同男子一樣，而是要更像女人，與男子有更大的不同，比男子們更富魅力。她們需要事業、成功和榮譽；也需要愛情、孩子和友誼。她們同一切陳規陋習的抗爭將曠日持久。[22]

　　的確，女性除了要能善於展現自我天生不同於男性的優點外，還必須要對其角色有所認同與認知，如此才能爭取與男性平等的決策權，進而發揮自我的能力，肯定其存在價值。女性唯有自身下定追求平等的決心，方能消除性別角色的障礙，才有資格強調兩性關係的相互與對等，才有條件去展現所長及潛力，與男性並駕齊驅。

　　張抗抗是個有思想、有見解的新時代女性，因為在文化大革命中飽嚐人世的風霜，磨練出一股勇敢抗爭的精神，她重視自我，認真生活，所以特別關注女性與男性、與社會、與家庭的種種關係，透過她的作品相信能夠讓女性得到更多的自省，讓男性對女性有更多的瞭解。

　　　　　　（原載於《中國文化月刊》，二○○○年七月，第二二四期）

---

[22] 同前註，頁 104~105。

# 張辛欣

## （一九五三～）

　　張辛欣曾說過：「人有兩種經歷，一種是填在履歷表裡的，另一種是心路歷程。看前一種，你可能瞭解；看後一種，才可能真知。一個作家，作品就是他或她那印滿了反叛、歸復、認同和失迷的心路。」[1]因此，我們要研究張辛欣的作品，絕對必要先瞭解她的心路歷程。

　　張辛欣出身於革命軍人的家庭，母親是大學文科的畢業生，父親寫過小說，是一個部隊作家，她曾說過：「我少年時代，受我父親影響最大。」；「我父親比現在某些作家更夠資格稱為一個真正的作家。」[2]

　　小學畢業那年，遇上「文化大革命」，參加過學校裡的紅衛兵活動，曾去過一個著名右派、民主黨派人士家抄家。

　　文革動亂結束後，升學和創作是她最大的兩個願望，但就在此時，剛開始不久的婚姻生活遇到了危機——「她的丈夫是年青的畫家，在事業上也很有才氣，很狂熱。兩個個性都很強的人在狹小的婚姻籠子裡不能不產生碰撞，再加上其他一些原因，他們終於分離

---

[1]　呂晴飛主編：《當代青年女作家評傳》，河北：中國婦女出版社，一九九〇年六月，頁 503。

[2]　同前註，頁 504。

了。這次生活中的波折對張辛欣以後的生活道路和文學道路都產生了深遠的影響。這件事不僅加強了張辛欣從事文學創作的意志和毅力，而且滲入到她很多小說、散文的題材、主題、情緒、氛圍中去。」[3]

　　張辛欣在一九七九年考上中央戲劇學院導演系後，便開始排戲、寫小說，然而她在一九八一與一九八二年陸續發表的〈在同一地平線上〉、〈再走一步，再走一步〉和〈我們這個年紀的夢〉先後受到批評，也影響了她大學畢業後的分配；一直到一九八四年歲末，中國作家協會第四次代表大會上，張辛欣的藝術才華才受到肯定。

　　張辛欣成長於一個政治氣氛相當濃厚的時代，「『不知不覺地便具備了對於大地上發生的自下而上、自上而下的一件又一件大事的積極適應性』這種積極適應性當然帶著很大的盲目性，然而卻也養成了張辛欣濃厚的社會意識和參預當代生活進展的熱情，養成了她對生活中隱伏的變動的敏感。」[4]正因為這樣的敏感，使得張辛欣不但在「女性文學的第一世界」中主觀地反映女性的感情和生活，而且還在「女性文學的第二世界」中客觀地表現出更具開放性的女性意識。

---

[3]　同註一，頁 508。
[4]　同註一，頁 503～505。

# 論張辛欣內心視境小說裡的女性

　　大陸文學評論家王緋曾發表一篇有關張辛欣小說的內心視境與外在視界的論文，文章中還兼論了當代女性文學的兩個世界。該文將張辛欣的內心視境小說歸為女性文學的第一世界；將其外在視界小說歸為女性文學的第二世界。我們先將這兩類小說做劃分介紹：

## （一）女性文學的第一世界——主觀型的內心視境小說

　　這類小說所展示的乃是純然由女性的眼光所觀照的社會生活，是女性心靈的外化，也是一位女性作家對婦女自我世界的開拓，其中最大限度地負載著女界的生活和心理（包括潛意識）的信息，可以說是女性在文學上的自我表現。這是最基本意義上的女性文學。[5]

## （二）女性文學的第二世界——客觀型的外在視界小說

　　這類小說指的是女作家以辯證的眼光，也就是中性的眼光，觀照社會生活，在藝術表現上超越婦女意識、婦女的感情和生活的作品。而所謂的「第二世界」是女作家對婦女自我世界之外更廣闊的社會生活的藝術把握，是女作家與男作家站在文學的同一跑道上所創造的一種不分性別的小說文化。[6]

---

[5]　王緋：〈張辛欣小說的內心視境與外在視界——兼論當代女性文學的兩個世界〉，《文學評論》一九八六年第三期，頁 44～52。

[6]　同前註，頁 49。

　　張辛欣屬於女性文學第一世界的內心視境小說共有四篇，本文要介紹的是這類小說裡的女性。作者深入小說中女性的內心世界，女性的思維全然呈現，讓讀者直接感受，不但呈現了作者的婦女觀，也提示了小說中有關婦女生活、意識等種種問題。

## 一、只是當時已惘然──在愛情與婚姻中迷路的女性

### （一）〈我在哪兒錯過了你〉

　　李小江在《夏娃的探索》中探討「女性雄化」的問題：

> 「女性雄化」問題其實是一種社會現象，它是「性別氣質轉換」現象的一個方面。婦女走上社會以後，一方面是女性對「真正男子漢」的心理呼喚，即「男性雌化」所引起的情感缺憾；另一方面則是社會對女子及女子自身形象扭曲所產生的潛在疑惑。[7]

　　李小江提到在六〇年代初美國女權主義作家的作品中就有「女性雄化」的藝術形象表現。它作為女子反抗傳統角色、在社會上奮鬥自強的一個重要組成部分，是為女權主義者所推崇的，並沒有當作一個真正的社會問題提出。在文學中較早提出這個問題的，是蘇聯男作家，著名的社會問題小說家維利・利帕托夫（一九二七──一九七九）。他在一九七八年發表中篇小說《沒有標題、情節和結尾

---

[7]　李小江：《夏娃的探索──婦女研究論稿》，鄭州：河南人民出版社，一九八八年五月，頁 285。

的故事⋯⋯》中，第一次公開提出「性別氣質轉換」問題。小說的
女主人公原想做一個溫柔體貼的妻子，但她在社會上所承擔的責
任，不允許她這樣；相對地她的丈夫不得不表現出「雌化」的傾向。
作者遺憾地提出：婦女解放達到目前的水平是不是一件好事？婦女
解放有沒有界線？在婦女的自然使命和她在社會裡所擔負的某些職
責這兩者之間，是否會發生衝突？而在中國大陸，女性雄化的問題
則是由女作家自己最早提出的。

> 經歷了十年動亂和一度出現的「無女性」時代以後，「女性雄
> 化」成為一個潛在的婦女問題，影響著當代知識──職業婦
> 女的愛情生活。它在文學作品中出現，是女作家對自身情感
> 歷程和女性生活歷程所作的嚴肅反思的結果。與在蘇聯文學
> 中的源起不同，它在中國的提出，是和大齡未婚女青年的戀
> 愛、婚姻問題緊緊聯繫在一起的，無形中成為對扭曲的時代
> 中自我形象扭曲的歷史控訴。[8]

〈我在哪兒錯過了你〉寫的是一個女售票員為了能在工作上和
男人一較長短，不知不覺地在她的氣質裡滲入了男性的強悍的性
格──

> 如果拋開為了對付社會生活的壓力，防禦窺視私人秘密的好
> 奇心和嫉妒心，我不得不常常戴起的中性、甚至男性的面具，
> 我會不會變得可愛一點兒呢？會的！我並非生來如此⋯⋯假

---

8　同前註，頁 286。

> 如有上帝的話，上帝會把我造成女人，而社會生活，要求我
> 像男人一樣！我常常寧願有意隱去女性的特點，為了生存，
> 為了往前闖！不知不覺，我便成了這樣！[9]

社會主義制度的建立，為女性創造了與男性同等的工作條件，在兩性平等觀念的導引下，與男性並駕齊驅的目標成了女性往前的力量，而所謂的「女強人」就在這種情況下產生了。然而，當「女強人」遇上她所心儀的對象時，她那沈睡許久的女性的一面，便被喚醒了。

那位男主角原本是航海系的畢業生，文革時期，因政治上被陷害而入獄，一直無法實現他到海上的理想，不久前，他受朋友之託，讀了她在業餘所寫的劇本，便操起大學時做話劇隊長的本領，「導演」便成了他臨時的職業。

導演帶著他男性的原始魅力，闖進了她平靜如水的生活，她被這個嚮往著海洋又帶著藝術氣質的導演給深深吸引。為了能得到所愛，她用心融化自己冰封已久的女性氣質，她用原本規範女性言行和舉止的標準來約束檢點自己，用心展現女性的魅力；可是只要一接觸到工作——為著他的導演構思和她的最初設想，爭執不下——她便又無法克制地把她「男性」的一面顯露了出來——

> 我的人物應該是那樣！一說起來，興奮了，節奏快了，聲音
> 漸漸響了。我急不擇話，拍了下桌子。演員們都停下來，一

---

[9] 呂晴飛主編：《當代青年女作家評傳》，河北：中國婦女出版社，一九九〇年六月，頁 523。

起朝我們這邊看,並竊竊私語。

「你這樣固執沒有道理!」你低聲急促地說,一邊寬解地輕輕拍了一下我放在桌上的手,又回頭說:「誰叫停了?繼續聯排!」

見鬼!難道把我們之間的默契、信任當做我無條件的投降?「少來這套!」[10]

話才一說完,她便後悔了,她氣自己幹什麼為了劇本中虛幻的人物,損傷自己的形象。和導演爭吵,並不是她的本意,她十分感傷地想:「我以為那只是一件男式外衣,哪想到已經深深滲入我的氣質中,想脫也脫不下來!」[11]

她對愛情的要求,是相當執著的,她有一個較為親密的朋友,但卻不是她所喜歡的對象,她是這樣形容和李克的差異:「他像一隻聽話的兔子,為了社會需要的文憑,在劃好的白線內順從地跑;而我,卻是一隻固執的烏龜,憑著自己的感覺和信念,在另一條路的起點處慢慢往前爬。」

李克在小說中僅僅只是一個從屬人物,但這個不起眼的從屬人物卻也決定了她的愛情。

在一場舞會中,她婉拒了其他人的邀約共舞,後來,她終於等到導演的邀請,但是就在那一刻,音樂停止了,她突然想起導演對她的評價,滲入她天性中不肯輕易低頭的血性冒上來,她故意用玩

---

[10] 同前註,頁 524。
[11] 同註五。

世不恭的口氣說：「看來，我們無緣呢！」她在笑，心卻在顫抖。這時，李克向她跑來，她報復性的向導演介紹李克：「我的朋友！」然後，逃避似的抓著李克主動地說要跳舞。後來，她才得到消息：導演要上遠洋輪了。

在愛情上，她實在是個徹底的悲劇人物，甚至不允許自己傷感過久——

> 因為我太明白我自己！不論失望一會兒、三刻、十天、半月，都一樣！我還得靠自己站起來……。在感情上，不敢再全心全意地依靠，一旦抽空了，實在太慘！在職業上，在電車上，要和男人用一樣的氣力；在事業上，更沒有可依賴、指望的餘地，只有自己面對失敗，重新幹起！在政治上，在生活道路上，在危急關頭，在一切選擇上只有憑自己決斷！這能全怪我嗎？[12]

「現在社會對女性的要求更高些，家庭義務、社會工作，我們和男性承擔一樣，甚至更多些，迫使我們不得不像男人一樣強壯。」[13]透過女主人公的內心自省，我們不難發現整個大環境是造成「她」特殊性格的重要原因之一。

但是，不管她再怎麼樣學習像男人一樣的強悍，畢竟骨子裡還是個女人，還是有她柔軟、纖細的一面，當她面對生活的重擔與壓

---

[12] 殷國明、陳志紅：《中國現當代小說中的知識女性》，廣東：廣東高等教育出版社，一九九〇年八月，頁 250～251。

[13] 于青：〈苦難的昇華——論女性文學女性意識的歷史發展軌跡〉，《中國現代、當代文學研究》，一九八八年一月，頁 109。

力，她也希望能夠有一個堅實而有力的臂膀可以依靠——「說實話，每當我在生活和事業中感到自己的軟弱無力，我很想依在一個可信賴的肩膀上掉幾滴淚，說一說心中的苦惱……」[14]

儘管女主人公將她所錯失的愛情歸罪於社會現實，但到頭來還是不得不承認：「我們彼此相隔的，不是重重山水，不是大海大洋，而是我自己！」[15]

在七〇年代的文學作品中出現了不少只談革命，不談愛情；不愛紅裝，愛武裝的「男性化的女人」的形象。

同樣身為新時期的女作家——張抗抗並不贊同這種被「雄化」的女性形象，她認為這樣的形象被當成婦女解放的標誌，其實是更大的倒退，是對人性的嚴重歪曲。她說——

> 如果扼殺大自然賦予我們的女性美和女人柔韌溫婉的天性，無異於扼殺我們的生命。中國幾乎經歷了一個沒有女人的時代。教訓沈重而慘痛。而生活在今天這樣一個開放的時代的婦女，她們比任何時候都更珍視自己的女性特質，她們並不一定非要和男子做同樣的事情，而是要以與男子同樣的自信和才能，去做適合她們做的事情。她們絕不僅僅希望同男子一樣，而是要更像女人，與男子有更大的不同，比男子們更富魅力。她們需要事業、成功和榮譽；也需要愛情、孩子和友誼。她們同一切陳規陋習的抗爭將曠日持久。[16]

---

[14] 同註八，頁249。
[15] 同註八，頁254。
[16] 張抗抗：《女人的極地》，台北：業強出版社，一九九八年四月，頁104～105。

　　的確，女性除了要能善於展現自我天生不同於男性的優點外，還必須要對其角色有所認同與認知，如此才能爭取與男性平等的決策權，進而發揮自我的能力，肯定其存在價值。女性唯有自身下定追求平等的決心，方能消除性別角色的障礙，才有資格強調兩性關係的相互與對等，才有條件去展現所長及潛力，與男性並駕齊驅。

　　美國的女評論家瑪格麗特‧富勒也曾說過：「婦女所需要的，不是作為女人去行動、去主宰什麼，而是作為一種本性在發展，作為一種理智在辯解，作為一種靈魂在自由自在的生活中無拘無束地發揮她天生的能力。」[17]

## （二）〈在同一地平線上〉

　　〈在同一地平線上〉寫的是女性知識份子面對婚姻危機，離婚的心情轉折與艱辛生活的調適，其間展現了女性自立自強的意識。

　　〈在同一地平線上〉的男女主角經歷十年文革的磨難，在雲南插隊時相識。回到城市後，他們結婚了。他忙碌地追求他的繪畫事業，為了成名而奔波，每晚她估算著他回家的時間，為他準備熱水，當他在享受熱水澡時，卻一句窩心的感謝都沒有。漸漸地，她發現了他們婚姻的危機；而他當然還是不自覺，因為他仍忙著為他的事業交際應酬。

　　在孤獨的煎熬下，她把生活重心寄託在寫作上，即使退稿也不灰心。她不再為他等待，迎接他的是一個專注於寫作的背脊，他們

---

[17] 同註八，頁 248。

開始有了爭執——他希望她是個體貼溫柔的妻子，在家操持家務；但是，她不願做一個依附男人的傳統婦女。

她曾為了他放棄報考普通大學的機會，結婚後，她才醒悟到要真正保持家庭關係上的平衡，非得和他在事業上和精神上取得等同的一席之地不可。因此，她報考電影學院導演系，此時她發現自己懷孕了，為了能專心準備考試，她自作主張去做了人工流產，這造成他們夫妻分居。

她通過了考試，但是高教部突然宣布：已婚者一律不能參加大學考試，為了爭取入學的機會，她找他協議離婚，他同意了，便往辦事處先行登記。

他為了名利雙收，在生存競賽場中賣力；她則時時自惕：不能在競爭中失去自己的位置。但他們有時還是會升起對愛情的渴望，他們對彼此還是有情，還是思念著對方、掛心著對方，只是理念不合，一見面又是爭執。

有一次，他想起她，到學校找她，她大為感動，但他卻說是要請她弄畫冊的文字，她大失所望，兩人不歡而散。

她聽了關於他不好的傳言——不擇手段、作風不好、鬧離婚和別的女人來往，她立即趕到出版社為他辯駁，接著她趕到車站為他送行，並告誡他，結果，他卻怪她干涉他的事情。

為了畫好野生的孟加拉虎，他隨著一幫哈尼族獵手進入深山老林，結果負傷被送回北京。

她在宿舍裡找到他，他纏著繃帶在起草畫冊的前言，她幫助他完成前言和技法文字。兩人在談「虎」的過程中找到了共同的感受

和溫暖，她用她在事業奮鬥過程中的探索和苦惱，心同此理地去理解他。

她邀請他去看她的導演小品，他說他忙，等她拍出一部電影，他答應會去看的：「你呀，就是太要強！要不然……」她不作聲地拼命反抗。又回到這樣一個分手的起點，她認為她根本不是要強，而是他把她推到不得不依靠自己的路上。她再次傷心，決心離婚。

辦事處通知他們去辦離婚，在辦離婚前他們一起用餐，互相祝福：他祝她能遇上一個體貼的丈夫；她願他能碰上一個溫順的妻子。

對於〈在同一地平線上〉的創作初衷，據張辛欣說：「是一個很具體的情感需要，只需要被理解。」[18]所以我們看這篇小說的著眼點就從女主人公走向離婚的複雜心理的歷程去集中焦點，至於其他讀者和評論家的看法與作者的創作初衷相距甚遠，就不在討論之列。

其實她是很有機會成為丈夫心中的理想妻子的，首先在婚前她就有所認知和準備——

> 還是在婚前，我知道了這一句話，不管雙方以為怎樣了解了，結了婚，也是在重新認識。我有了精神準備，可還是感到許許多多的不習慣。我並不固執啊，我默默地改變了許多想法和做法。兩個人在家庭中的位置，像大自然中一物降一物的生態平衡，也有一種一開始就自然形成的狀態。那時候，聽一些女人誇耀，在家裡都是她的丈夫做飯、洗衣服，我一點不羨慕，我不希望我的丈夫比我弱，捧著我，沒有事業心。

---

[18] 同註五，頁504。

不過，我懂得了諸如在客人面前，盡量閉起嘴，把家庭主宰的地位留給他等等小道理……[19]

在小說中還有這樣一個細節描寫。那是他們第一次鬧彆扭——她第一次回婆家，在人來人往之後，她希望得到他一點溫存，可是忽然來了一個人和他說了幾句話，他便撇下她走了，一直到深夜才回來。她因被冷落而落淚，他解釋說是為了已經敲定的小說插圖去「奮鬥」；於是「歉意」代替了她所有的「委屈和埋怨」；他十分滿意眼前的這個「小女人」，他要她別莫名其妙地哭，說是生存競爭，自然界和人與人之間都是這樣。她回應他的是：點點頭。這點頭的舉動表示她是贊同他的說法的。

女人都是需要被愛的，我們設想如果他懂得把他在職場上運用的手段或伎倆，耍出十分之一在她身上，給她她所需要的愛與溫暖，那怕是甜言蜜語，她可能仍舊安於穩穩當當地繼續做她的小女人，那麼怎麼會有爭執？怎麼會離婚？可惜的是，他全心放在事業上，完全忽略了她是個活生生的人，活生生的女人。

她是相當平凡的，她羨慕友人大平的婚姻生活——婚前大平還有幾分風流，娶了個管廠裡工會的老婆，就一塊被老婆管起來了，但大平安於那樣的家庭生活，連看小孩的功課都是他負責的。她覺得大平這種平淡的生活裡，潛著十分誘人的東西，是一種真切，說不出的體會。

---

[19] 中國作家協會創研室編：《公開的『內參』》，長春：時代文藝出版社，一九八九年三月，頁247。

　　他並沒有用心經營他們的婚姻，他只想到要她愛他，卻沒有想到等同付出，所以，逼得她有了這樣的體認：

　　　　在生活的競爭中，是從來不存在紳士口號：女性第一的。我
　　　　們彼此一樣。我還能再退到哪兒去呢？難道把我的一點點追
　　　　求也放棄？生個孩子，從此被圈住，他就會滿意我了？不，
　　　　等到我自己什麼也沒有了，無法和他在事業上、精神上對話，
　　　　我仍然會失去他！[20]

　　她對婚姻的危機意識，使得在不自覺中提昇了自我的認知，而這種覺醒正代表著她的處境即將改變。

　　她其實是個性情中人。即使在等待辦理離婚期間，她對他仍保有女性的纖柔。去探望受傷的他，擔心得淚水直流，後來，忍不住便把頭埋在他的手臂裡，放聲大哭起來，她對他仍舊有情，那樣曾經擁有的感情，不是說斷就斷的。其實她一直在給他機會，也給自己機會。但是，基本上他們兩人的性格迥異，就算勉強挽留住婚姻，問題依然存在，婚姻仍然是岌岌可危的。我們來看看他們的性格差異。

　　他是個藝術家，但是辦起事來卻有商人的市儈氣息。他作畫的第一個考量是：市場需求；他懂得利用關係，創造條件和名聲。連他自己也感覺他是改變了，是被扭曲了；他的這種利己主義是最教她所不齒的，她是那種仗義直言，是非分明的女子。可見這樣的一個男子怎麼會去關心他的妻子的內心感受？

---

[20] 同前註，頁 248。

他和她談「虎」，她在研究之後，有了這樣的感覺：

> 我突然覺得，我和他有什麼相像的地方。
> ……也許，正是這個相像的地方，使我們相識了，結合了，
> 又將分手。[21]

從〈在同一地平線上〉的這個小說標題，顧名思義：是女主人公面對婚姻生活所發出的呼喊。她面對婚姻的瓶頸，一方面期待能發展自己的抱負，和丈夫站在同一地平線上；另一方面等她有一番作為時，她才漸能體諒丈夫所以冷漠無情的原因，這也可算是女性自覺意識上的一個成長，在小說結尾她自我反省：

> 我們曾經結合在一起，我曾經想，他是世界上唯一的這樣一
> 個人，我把全部感情和思想的依托放在他那兒。我們在身體
> 上彼此再沒有保留的，隱蔽的地方。但是，我也許並沒有弄
> 清他，我甚至並不知道，他，究竟是一個什麼樣的人。也許，
> 我們都忙於應付自己的事情，越來越沒有充分地交流許許多
> 多想法？是的，結婚以後，我對他說的，比結婚前通過信件
> 所說的，要少得多了。也許，戀愛的時候，雙方都本能地急
> 急忙忙地表達自己，生怕錯過。而捆在一起了，自己或對方，
> 以為在精神上互相依存了，反而使我們誤認為一步可以走向
> 任何默契。我們交談的太少了！可我們根本無法在不斷靜止
> 的交流，細微的互相體察中過日子呀！就是彼此廝守著，也

---

[21] 同註一五，頁 358。

> 未必能夠弄清對方的意念。因為，說到底，自己是否弄清楚
> 自己了呢？……[22]

她是一個少見的知識女性，面對那樣的婚姻生活，她並沒有失去生活理想，仍具有強烈的事業心和進取精神。她在爭取和堅持自己的進修權利時，來自家庭的壓力是沈重的，丈夫要的是沒有事業心的溫順女子，她不甘於此，便不惜與不支持自己的丈夫離異。

讓我們反個方向來看如果不是他對於事業的「義無反顧」，造成他們婚姻生活的危機，她也不可能有所警覺，而走出婚姻，追求自己的理想，所以，如果不是他，她也不可能有機會在電影學院裡進修，因此，假若未來她在電影藝術上有所成就還得感謝他當初的「激勵」。

張辛欣的這篇小說並非有意宣傳離婚，她所反對的是沒有愛情的婚姻。

（三）〈我們這個年紀的夢〉

〈我們這個年紀的夢〉裡的女主人公曾因快樂的童年而懷有夢想，但她的夢想卻隨著婚姻的現實生活，一點一滴地打碎，當她為了生活而盤算，為了菜價每天在市場和人討價還價，什麼白馬王子簡直就離她越來越遠──

---

[22] 同註一五，頁 358。

你幾乎察覺不到，為一樣一樣東西的捕獲，為這些沒完沒了
的盤算，每天、每天，你懷著持續的稍許緊張。只有到夫妻
之間為什麼事兒吵起來時，這些連成一條線的瑣事才一股腦
兒翻上來，捲成一大團理不清的煩亂，有時候委屈得直掉眼
淚。可是，待到真要張嘴數數的時候，唉，簡直沒有一樣是
可以提出來作為鄭重其事的悲劇素材的！於是，哭完了，又
不知道究竟為什麼要哭。[23]

　　經由他人介紹，她和大為結婚了，大為是個老實、膽怯的傢伙，
他不壞，但是她總嫌他不夠體貼，只會與人聊天、下棋，一點也不
知道疼惜她，家務、小孩他都不會主動分擔。她多麼不甘心就讓這
般庸碌無為的生活給淹沒，朱曉的出現，曾喚起她有了改變自己生
活的觸發。

　　朱曉是個童話作家，他的愛人上班的地點遠，所以，他分擔了
大多的家務，他和她一樣每天要到市場買菜，要到幼稚園接孩子；
和她所不同的是，朱曉並沒有被人間煙火給焚燒，他認真地過生活，
把他那才八平方米的小屋子，布置得相當舒適而美麗。朱曉對她說
「要是不做夢，生活有什麼意思」她也想改變生活現狀，但是一回
家，見到他們的周圍環境，她又打退堂鼓了。

　　從另一個角度來說，雖然她活在夢想中，但其實她還是蠻能接
受現實的，雖然吵吵鬧鬧地過日子，但她已經接受了大為。

---

[23] 張辛欣：《我們這個年紀的夢》，台北：新地出版社，一九八八年二月，頁3
　　～4。

> 她習慣於身邊這樣一個人了。習慣於身邊有一個聽她嘮叨煩
> 人瑣事的耳朵，也習慣於那張逗她笑、惹她煩、跟她吵架的
> 嘴。她習慣於這個人身上所有細微的東西，全不在當初介紹
> 時所說的特長、條件之列的真實的東西。他的懷抱和他所有
> 的生活習慣，喜歡的，不喜歡的。[24]

我們不能說她消極接受，因為她是活在現實的婚姻生活中，她
不像諶容筆下〈錯，錯，錯！〉裡的惠蓮——願意為了愛情玉石俱
焚，無法在浪漫愛情和現實婚姻中找到平衡點，儘管她的丈夫盡了
最大的努力，她還是把自己葬送在婚姻生活中。

她的心中一直藏著童年時的「他」。儘管美麗的王子在現實生活
中離她越來越遠，但是在她心中卻有著一定的地位——在童年時
代，他們一群人曾到一個山洞去「探險」，在她遇到危險時，「他」
挺身而出保護、照顧著她——每當現在生活不順心，她總是不自覺
地隱約想起在她內心最深處供著的「他」：

> 她有時覺著，他其實就在她的背後，在同一個地方，不過是
> 在跟另一群人說話而已。不用回頭，當然不會有。但每當這
> 種時候，她會在寂寞和越發的淡然中，突然湧出一股近似柔
> 情的哀怨。
>
> 他為什麼不來呢！假如是他，不管他變成了什麼模樣，不管
> 他是在做什麼工作，不管他是由什麼樣的條件組合成的，不
> 管怎麼樣，她也會跟他的。[25]

---

[24] 同前註，頁 52。
[25] 同註一九，頁 42。

作者深入女主人公的內心，很真實地呈現她的內心想法——當大為抱著她時，她如何渴望是她夢中的「他」；在她心中拿「他」和大為比較，我們見到了她的妄想，也見到了她內心的罪惡感。

然而，人算不如天算，她萬萬也想不到，那個她所心心念念的人兒，竟是她所厭惡的鄰居倪鵬——在一次無意中，她聽見倪鵬對大為說起他小時候和朋友去山洞探險的事——那個自私、傲慢、城府深、心機重的倪鵬，竟是她心中的王子，她的夢——碎了。

幻夢的覺醒，代表一種成長，因此她發出這樣的感嘆——

> 也許，生活離你心裡的夢總是非常地遠，那些夢不一定會有
> 一個結果，而有結果的，又可能是偏差極大的。但，你還是
> 要做夢。只要能做夢呵！誰又知道呢，在那些無形的夢和實
> 在的生活之間，是不是有著一座橋呢？是不是夢變形地延伸
> 到生活裡，而生活又向前延伸？……[26]

作者在主觀的敘述中還加入了她的客觀理解，她讓女主人公真真實實地活在婚姻裡——有悲歡喜樂，有愛恨嗔癡。

## （四）〈最後的停泊地〉

〈最後的停泊地〉的女主人公是個女話劇演員，她執著追求她的藝術事業，也執著追求情感的歸宿。但是，經過了一場又一場的愛情迷航後，她絕望地頓悟到她的愛之船在現實生活中是找不到停泊地的，而「最後的停泊地」應該是那個戲劇人生的「舞台」。

---

[26] 同註一九，頁 80。

僅管她的事業順遂，但在她情感豐厚的女性內心，還是有著這樣的理解——

> 不管一個婦女怎樣清醒地認識和承擔著自身在社會、家庭關係中的全部義務；不管我們怎樣竭盡全力地爭取著那一點點獨立的權力，要求和男人一樣掌握自己生活的命運。然而，說到底我們在感情生活裡，從本質上永遠不可能完全「獨立」；永遠渴望和要求著一個歸宿。[27]

怎奈她的愛情一波三折，總找不到一個合適的歸宿。

她的初戀，愛得又苦又澀。他的回信稀少、簡短，漸漸地有了他變心的傳言。見面時，他說，如果和他的表妹結婚，可以爭取自費留學。而她除了對他的熱情，其他什麼也不能給他。她哭過、鬧過，分手後，他把她寫給他的信，兩大袋，全數寄還給她，她突然明白，那些信是她自己給自己編織的夢，並不是寫給誰的信。

一位年輕的編劇出現在她的生命，她喜歡靜靜聽他談藝術，他似乎也願意單獨和她聊天。她以為愛情在他們之間滋長。他要回家探親前的晚上，他被別人請去吃飯，他要她等他。她清楚知道將發生什麼事情。在狂熱的呻吟中，他喃喃地、反覆地說：我愛你；他還承諾回家後會來信。但她終究沒有等到任何消息。待她幫他抄好他交代的劇本寄到他家，終於收到了一封家人代筆的信，說是他和「朋友」一起去旅遊了。

---

[27] 同註一九，頁 168。

他回來看排好的戲，她直截了當地問他：為什麼不能來一封信明明白白地說清楚？他突然紅了臉，嗚嗚地嘟囔著：「媽媽說……」

她的愛情被門當戶對的觀念給封殺了。

在她的心裡還埋藏著一個連對方都不知道的邂逅，她愛上了一個有家室的數理邏輯研究者。

在一次活動中，他們碰巧同坐一艘船，其實她以前就認識他，不過是那種點頭之交。他們在湖中划船，情感也在交流滑動著。活動結束後，她陪他坐地鐵回家，他到站了，她也跟著下車，他不能再堅持陪她等往回開的車。後來，在恍惚中，她錯過了末班車，便往他家走去，在他家窗前，聽見他妻子和小孩的對話。

經過了幾次令她挫敗的愛情，她不禁反覆自問並假設——

> 假如你不是那麼動情地、寧願捨棄自己的一次次去愛；假如你第一次就能碰上一個好人，假如你能夠平靜地活著，平靜地嫁一個隨便什麼人，不管怎麼樣，廝守到底，心靈也許會乾枯，也許呢，就會保持平衡和真正應該相遇時的熱情和勇敢。而這樣，每一次、每一次地，「全心全意」地愛，得到了什麼呢？是的，不錯，得到了人生的經驗，理解力，進入各種戲劇角色的能力。而失掉的呢？……心，又有一個耐受的限度，它儘管什麼都能承受，但到一定時候，那彈性就可能發生變化！但是，你又怎麼能知道你該在什麼時候，什麼地方，遇上一個什麼樣的人才是唯一正確的呢？像鬧鐘，對好

了，上好弦，到時候，正好響。命運總不能給你一個絕對可
靠的信號，告訴你，這裡，是真正的能夠停靠的地方……。[28]

她期望成為一個真正的女人，能夠找到一個真心給她愛情的男
人，可是她在她的愛情裡始終找不到理想的停泊地，因此，她只能
無奈地把事業當成是她最後的停泊地，然而，愛情的連續失望對一
個女人而言，可能是一生中難以彌補的創傷與遺憾。

## 二、內心視境小說的女性呈現

在〈我在哪兒錯過了你〉中，作者透過女主人公的內心反省，
展現女性生活在當代社會的窘境及其事業發展和對愛情、婚姻的理
想，所遇到的障礙。

在〈在同一地平線上〉中，作者將女主人公內心視境的展示處
於較男主人公為主導的位置，透過女主人公的心理需求，反映出作
者對兩性平等觀的追求與肯定。

在〈我們這個年紀的夢〉中，作者輕鬆自然地進入女主人公那
顆老化的童心，並將其內心感覺和心理活動，用感嘆、用呼喚、用
傾訴輾轉呈現。

在〈最後的停泊地〉中，作者將女主人公經歷幾番的愛情波折
的內心體驗幽微體現，也將女主人公所以失望於人生舞台，而寄託
於戲劇舞台的緣由與無可奈何清楚地交代。

---

[28] 同註一九，頁 179～180。

以上這幾篇小說，如果作者不是用主觀的「內心視境」的手法展示，將無法全面描述女性精神生活的奧秘、無法全面剖露女性的心靈；也將不容易說服讀者、不容易引起讀者的同情與共鳴，儘管這種方式可能含有作者偏激的想法在裡面，但何嘗不也提供了一些當時與女性切身相關的社會現實問題，值得讀者去嚴肅思考。

## 三、張辛欣小說人物的形成背景

張辛欣曾說過：「人有兩種經歷，一種是填在履歷表裡的，另一種是心路歷程。看前一種，你可能瞭解；看後一種，才可能真知。一個作家，作品就是他或她那印滿了反叛、歸復、認同和失迷的心路。」[29]因此，我們要研究張辛欣的作品，絕對必要先瞭解她的心路歷程。

張辛欣，一九五三年生，出身於革命軍人的家庭，父親寫過小說，是一個部隊作家，她曾說過：「我少年時代，受我父親影響最大。」；「我父親比現在某些作家更夠資格稱為一個真正的作家。」[30]母親受過高等教育。小學畢業那年，遇上「文化大革命」。文革動亂結束後，升學和創作是她最大的兩個願望，但就在此時，剛開始不久的婚姻生活遇到了危機——她的丈夫是個年青有才氣的畫家，對事業很狂熱。在狹小的婚姻籠子裡容不下兩個個性都很強的人，再加上其他一些因素，他們終於分離了。這樁婚姻的波折對張辛欣未

---

[29] 同註五，頁 503。
[30] 同註五，頁 504。

來的生活道路和文學道路都產生了深遠的影響。不僅加強了張辛欣從事文學創作的意志和毅力，而且我們從她的很多作品中可以見到她的生活經歷和性格特徵都投影到其中。

　　張辛欣成長於一個政治氣氛相當濃厚的時代，「『不知不覺地便具備了對於大地上發生的自下而上、自上而下的一件又一件大事的積極適應性』這種積極適應性當然帶著很大的盲目性，然而卻也養成了張辛欣濃厚的社會意識和參預當代生活進展的熱情，養成了她對生活中隱伏的變動的敏感。」[31]正因為這樣的敏感，使得張辛欣不但在「女性文學的第一世界」中主觀地反映婦女的感情和生活，而且還在「女性文學的第二世界」中客觀地表現出更具開放性的女性意識。

　　張辛欣的小說，不論在藝術思想或者女性意識方面，都是相當值得研究的。因此，從張辛欣的小說，我們也不難見到女性文學未來可觀的前景。

（原載於《中國現代文學理論》季刊，
一九九九年十二月，第十六期）

---

[31] 同註五，頁 503～505

# 王安憶
## （一九五四～）

　　王安憶的童年正值「左」傾思潮氾濫觴時期，因為劇作家父親的耿直口快，又加上僑居海外的背景，一九五七年被打成了「右」派，受到相當嚴重的處分；小學五年級的王安憶，開始經歷「文化大革命」政治動亂，但是，在那樣混亂的年代裡，王安憶的母親——也就是著名的女作家茹志鵑，她寧可「自己肩著重閘」，讓孩子們「在閘下遊戲」，送給了王安憶「一些看不見、摸不著的東西」——一種感情的陶冶和精神的鼓舞。[1]在當時無學可上的情形下，母親為保女兒的心靈不受外界動亂的污染，傾其所有為女兒買了一架舊手風琴，讓王安憶和姊姊能安心的待在家裡看書、練琴。儘管，後來，十六歲時，王安憶含淚離開了已經成為「牛鬼蛇神」和「文藝黑線的金字招牌」的母親，到安徽五河縣農村插隊，經歷了艱辛的歲月，但她的心靈仍有一塊淨地被完整地保存了下來。也許正因為是這樣的因緣，所以，王安憶在她初出茅廬的作品中所刻劃的雯雯，仍保有赤子的情懷，一點也不受外界世俗的現實感染。

---

[1]　呂晴飛主編：《當代青年女作家評傳》，河北：中國婦女出版社，一九九〇年六月，頁 750。

　　王安憶受到她作家母親茹志鵑的影響很深，她說：「媽媽對我的文學影響既是自覺的又是不自覺的。我的文學修養是靠一種文學氛圍的長期薰陶。小時候，媽媽讓我背唐詩，李白的、杜甫的，寫下來貼在床頭。我也常在大人的書櫥裡翻些書看。大人聚客，他們在一塊談論文藝創作的事，天長日久我也就耳濡目染地受了影響。」[2]

　　她和母親一樣正式受教育的時間很短，茹志鵑是因為出身於貧困的家庭，王安憶則是因為文革，可她們全靠艱苦自修，學習和摸索來成就自己的寫作事業。

　　王安憶曾表示：文化大革命使她更多地體驗了生活，也給了她一個獨立思考的機會。正是由於這些體驗和思考，她決定提起她的筆來。而她認為文學最為必要的素質，就是體驗和思考。她認為文學應該啟迪人心。

　　王安憶在《這七顛八倒的世界》中提到：「十年的文化大革命，是我生命中的十二歲到二十歲。我從一個不懂事的孩子長成了一個懂了點事的大人。這十年裡，我沒有受教育……連張初中畢業的證書也沒有，應該懂的一概不懂。不該懂的，懂了不少：我在馬路上拾過傳單，寫過老師的大字報，上街讀過大批判的刊物，參加過鬥爭會，喊過“打倒×××”，看過抄家，插過隊，看到過農民要飯，看到過幹部貪污，為了招工給幹部送禮……我經驗著這十年的罪惡和痛苦長大成人了。可以無視和否定這十年裡的一切。可是，我的

---

2　謝海泉：〈“我喜歡把筆觸伸進人的心靈”——訪青年女作家王安憶〉，哈爾濱《小說林》，一九八三年二月，第十七期，頁 71～72。

長成，是不容否定和蔑視的。在這是非顛倒、黑白混淆的年代，我們不得已地學會了用腦袋思考。」[3]

　　王安憶在一次愛荷華「國際寫作計劃」的發言稿中說，「無產階級文化大革命」給予她那個世代的年輕人的重大的影響。他們受了傷害，變得忿怒、灰心、感傷⋯⋯。但是一點一滴地，他們勝過了個人的傷痕和悲哀。他們終於站起來，更嚴肅認真地思考、寫作和生活。[4]

---

[3]　二十所高等院校《中國當代文學作品選評》，河北：河北人民出版社，一九八五年十二月，頁 617～618。

[4]　陳映真：〈想起王安憶〉，台北《文季》，第二卷第三期，頁 10。

# 王安憶的〈流逝〉

## ——從「環境」看端麗的性格轉變

　　王安憶在《這七顛八倒的世界》中提到：「十年的文化大革命，是我生命中的十二歲到二十歲。我從一個不懂事的孩子長成了一個懂了點事的大人。這十年裡，我沒有受教育……連張初中畢業的證書也沒有，應該懂的一概不懂。不該懂的，懂了不少：我在馬路上拾過傳單，寫過老師的大字報，上街讀過大批判的刊物，參加過鬥爭會，喊過"打倒×××"，看過抄家，插過隊，看到過農民要飯，看到過幹部貪污，為了招工給幹部送禮……我經驗著這十年的罪惡和痛苦長大成人了。可以無視和否定這十年裡的一切。可是，我的長成，是不容否定和蔑視的。在這是非顛倒、黑白混淆的年代，我們不得已地學會了用腦袋思考。」[5]在提到〈流逝〉中的端麗時，王安憶表示：

> 端麗也過了十年，長了十歲，我不願意讓她白白長十歲，白白地老了，白白地吃那麼多無端的苦。世界上的事情很古怪，大的合理中存著小的不合理，大的不合理中存著小的合理。

---

[5]　二十所高等院校：《中國當代文學作品選評》，河北：河北人民出版社，一九八五年十二月，頁 617～618。

文化大革命以前，端麗生活於大的合理中的小的不合理，文
化大革命時，她則生活於大的不合理中的小的合理。

解放以後，我國確實還存在著貧富的差異。這種差異的暫時
存在有它的合理性和必要性，而端麗跟著丈夫，不勞而獲地
享用榮華富貴，這確有點不公平。……妄圖以一場意識型態
的革命來消除這物質的差異，實在有點蠢。……歷史注定要
走一次回頭路，端麗一家淪為平民，只能自食其力了，這倒
並沒什麼說不過去的。而端麗在這時尚能真正體味到一點人
生的甜酸苦辣。[6]

十九世紀中葉，法國寫實派作家們就提出尊重「環境」（milieu）
的主張，他們認為：凡是任何一種文學藝術的產生，必然是由種族
（racial），社會（social）以及風土（climatic）等三種因素所構成的
個人的創作才能。[7]因為王安憶曾經身處那樣的「環境」，所以，當
她將歐陽端麗擺在那樣她所熟悉的環境中，描寫起來便能更加「悠
由自在」。

人物與環境有主從之分，人物是主體，環境是客體，保持相對
的獨立性。然而兩者又相互依存和滲透，誰也離不開誰，人物創造
環境，環境也同樣創造人物，人物與環境是種雙向交流的動態結構。

人物與環境之間的彼此聯繫是複雜微妙，千變萬化的。任何一
個現實的人，都要受環境的影響，這種影響有時直接，有時間接，

---

6　同前註，頁618。
7　周伯乃：《現代小說論》，台北：三民書局，一九七四年五月，頁114。

有時有形，有時無形。[8]所以，人物與環境之間的彼此投影是非常重要的。

王安憶為端麗設計了各種各樣的環境，因為「一個人生活的外在環境，實際上是多種環境內容的交匯，這種交匯包括歷史與現實環境的交匯，宏觀與微觀環境的交匯，客觀與主觀環境的交匯，實有與虛幻環境的交匯，自然與社會環境的交匯，戰爭與和平環境的交匯，有限與無限環境的交匯，同質與異質環境的交匯。」[9]

一切的環境描寫都是人為的實現性格共性的手段，人物「性格的必然性總是通過雙向的可能性表現出來，這構成性格的內在矛盾性，而這種性格的內在運動又總是處在隨機變異的環境中，環境的變異作為一種外部力量推動著性格的矛盾運動，構成性格雙向可能性的動態過程，即不斷地背叛自己，又回歸自己的過程。當人物處於異質環境時，性格就朝著負方向運動，此時人物就背離自己；當人物處於同質環境時，性格就朝正方向運動，這時人物又回歸自己。」[10]

像端麗這位受過高等教育的資產階級家庭主婦，在享受闊少奶奶錦衣玉食，舞會筵宴的享樂生活時，這是她自己所認同的「同質環境」；一旦因文革風暴的政治動亂，使她淪為市井賤民，她一面對過去的舊生活再三咀嚼，一面又不得不面對現實生活，這是「同質

---

[8] 張德林：〈為人物而設計環境〉，上海《文藝理論研究》第三十四期（一九八七年十月），頁 24～25。

[9] 劉再復：《性格組合論》下，台北：新地出版社，一九八八年九月，頁 115～116。

[10] 同註五，頁 114。

環境」向「異質環境」的過渡；接著她便進入了「異質環境」，她必須咬緊牙根度過艱難困窘的日子。

從下列表格的對比可看出端麗在「同質環境」與「異質環境」中的明顯差異——

大抵上來說，「異質環境」會使得人物在他的「同質環境」裡所培養的性格出現一種遠離平衡狀態的「非平衡狀態」。但是，端麗卻在她的「異質環境」中活出了自我，肯定了自我的存在價值。

我們從以下幾個方面來看看端麗在「異質環境」中的成長。

| 同質環境——富家少奶奶 | 異質環境——平凡勞動婦女 |
|---|---|
| 從不曾以為早起出門是什麼難事。以前傭人沒買到時鮮菜，她會怪說：「你不能起早一點嗎？」 | 從沒想到上海會有這麼料峭的北風。因為她從來不曾起這麼早並且出門趕著上菜場排隊買菜。 |
| 為參加一場婚禮，兩個月前就開始準備，特地去做了條連衣裙，取衣時間正是婚禮那天的早上，她以為很合身，誰料裁剪師傅把胸圍的尺寸量大了一寸。喜宴一整晚，她都無精打采，只盼宴席早散。 | 為趕著早起買菜，她迅速套上毛衣、棉襖、毛褲，把圍巾沒頭沒腦地包裹起來，只露出兩隻眼睛，活像個北方老大嫂。 |
| 她的頭髮又黑又長，經過冷燙，就像黑色的天鵝絨。披在肩上也好，盤在腦後也好，都顯得漂亮而高貴。她在這上頭花時間是在所不惜的。 | 披頭散髮地在菜場上走了一個早晨。 |

| | |
|---|---|
| 她的三個孩子都是請奶媽帶的。她雖然有奶，自己卻不餵，因為餵奶會影響形體的美觀。從前她的孩子總是和奶媽親，和她較疏遠，她視為正常。 | 當了褓姆後，她才從孩子身上嘗到各種滋味。因為帶孩子的經歷，端麗和自己的孩子有了更多的互動。她找出自己半新的旗袍，親自為女兒改作衣服，母女倆人為此興奮不已。 |
| 她從來沒對誰負過責任，孩子生病了，只須找奶媽問罪，心靈上是沒有一點負擔的。 | 她要擔憂為什麼她帶的小孩不吃飯，她不知道其實她的孩子小時候比現在這個還難伺候。 |
| 她習慣了碗櫥裡必定要存著蝦米、紫菜、香菇等調味的東西，她習慣每頓飯都要有一只像樣的湯。 | 她在剝好的光滑的雞蛋上淺淺劃了三刀，放進肉鍋，味道才能燒進去。這種菜是鄉下粗菜，過去很少有人動筷子，她看了就發膩，可是現在居然覺得真香。 |
| 她的生活就像在吃一隻奶油話梅，含在嘴裡，輕輕地咬一點兒，再含上半天，細細地品味，每一分鐘，都有很多的味道，很多的愉快。 | 生活就像她正吃著的這碗冷泡飯，她大口大口嚥下去，不去體味，只求肚子不餓，只求把這一頓趕緊打發過去，把這一天，這一月，這一年，甚至這一輩子都盡快地打發過去。好些事，她不能細想，細細起來，她會哭。 |

## 一、為維持生計精打細算、賺錢補貼

環境的轉變，迫使端麗不得不省吃儉用、精打細算。炒菜時，發現味精沒有了，正要女兒去買，但轉念一想：鮮與不鮮之間，本

來就沒有一道絕對的界線；上街買牙膏，也捨棄了慣用的牌子，買
了較為便宜的牙膏。

端麗在節約中找到了樂趣。

除了節省家用外，端麗還必須找門路賺錢，貼補家用。

為了能兼顧家庭又能賺錢，這位大學畢業生當起褓姆，幫人家
帶小孩。

端麗帶的小孩要上幼稚園，被家長接回去後，她又託人留意工
作。也許是工場間為了好好改造端麗這位「資產階級少奶奶」，很快
她的工作就有了下落，雖是個臨時手工業員，但她看見從自己手裡
繞出的一個個零件，既興奮又得意。

端麗在工作中得到了成就，不僅是經濟上的成就，還有精神上
的成就。

## 二、地位提升，有決定發言權

小叔報名參加黑龍江的戰鬥隊，婆婆知道後十分生氣，端麗是
這樣開解婆婆的——

> 「報名也不要緊。現在都興這樣，動員大家統統報名，但批
> 准起來只有很少一部分人。」
> 「說不定就因為我們成份不好，人家不批准呢！雖是去黑龍
> 江，也是戰鬥隊，政治上的要求一定很嚴。」[11]

---

[11] 王安憶：《雨，沙沙沙》，台北：新地出版社，一九八八年二月，頁43。

批准後，婆婆萬分傷心，端麗又這樣安慰婆婆：

> 「姆媽，你不要太傷心，你聽我講。弟弟這次被批准，說不定是好事體。說明領導上對他另眼看待，會有前途的。」[12]
> 「這些就不要去想了，文光是有出息的，出去或許能幹一番事業。」[13]

小姑因為失戀，精神不正常，不能受刺激，婆婆擔心送去看病，事情若傳開會影響小姑的將來，於是決定為她找個可靠的人嫁了，對方是婆婆娘家的遠親，書信聯絡及事情安排由端麗負責。

相親那天，當婆婆避重就輕地回答小姑的病情時，對方悶悶不樂地說：「我又不是一帖藥。」婆婆表示等小姑毛病好了，以他們張家來說，有他可享福的。對方卻說：「現在還有什麼，不都靠勞動吃飯。」端麗聽了，不由分說地拉著婆婆到廚房，關起門說：

> 「這門親算了吧！嫁過去，對誰也不會有好處。」端麗壓低聲音急急地說，「且不說結了婚，妹妹的病不一定能好。那裡雖是姆媽你的老家，可那麼多年不走動，人生地疏，妹妹在那裡舉目無親。萬一婆家再有閒言閒語，只怕她的病只會加重。再說，人家好端端一個小伙子，為何要到上海來找媳婦，恐怕也有別的方面的貪圖。」[14]

---

12 同前註，頁 61～62。
13 同註七，頁 62。
14 同註七，頁 106。

在以前端麗可能是沒有發言權的,但隨著端麗總攬了家中的大小事務後,她在家中的地位就非比往昔了。

## 三、敢於表達看法,據理力爭

鄰居阿毛嫂曾傳授端麗人生哲學:「做人不可太軟,要兇!」環境的轉變教端麗也軟弱不起來,所以,當女兒要被分配時,端麗為女兒向上門的工宣隊師傅和老師據理陳詞——

> 「多多年齡很小。參軍年齡,工作年齡都是十八歲,她不到十五,不去。」
> 「李鐵梅也很小⋯⋯」那工人師傅說。
> 「多多比李鐵梅還小三歲呢!」
> 「早點革命,早點鍛鍊有什麼不好?」工人師傅皺皺眉頭,那老師只是低頭不語。
> 「在上海也可以革命,也可以鍛鍊嘛!再說她是老大,弟弟妹妹都小,她不能走。等她弟弟到了十八歲,我自己送到鄉下去。」也許精神準備過了頭,她說話就像吵架一樣。
> 工宣隊師傅和老師相視了一眼,說不出話來了,轉臉對著文耀說:「多多的父親是怎麼想的呢?」
> 文耀摸著下巴,支吾道:「上山下鄉,我支持。不過,多多還小⋯⋯」
> 「多多的出身不太好,她思想改造比別人更有必要。」
> 端麗火了,一下子從板凳上跳下來:「多多的出身不好,是她

爺爺的事，就算她父親有責任，也輪不到她孫囝輩。黨的政策不是重在表現嗎？你們今天是來動員的，上山下鄉要自願，就不要用成份壓人。如果你們認為多多這樣的出身非去不可，你們又何必來動員，馬上把她戶口銷掉好了。」
這一席話說得他們無言以對，端麗自己都覺得痛快，而且奇怪自己居然能義正辭嚴，說出這麼多道理，她興奮得臉都紅了。[15]

　　由以上的對話，我們可看出端麗和文耀夫妻兩人的不同性格，而文耀的懦弱無能也在此展現。

　　在艱困的環境中，女性的適應能力，大抵說來是較男性更有彈性，更能屈能伸的。文耀因為有端麗可以倚靠，所以，他可以仍然安逸地活在他的「同質環境」中；相對地，端麗被迫在困阨的「異質環境」中成長，表現了兩性的差異以及女性堅忍的韌性。

　　在菜市場上，端麗敢和人爭辯了，有一次排隊買魚，幾個野孩子在她跟前插隊，反而還賴說她插隊。端麗二話不說，奪過他們的籃子，扔得遠遠的。這和她第一次鼓起勇氣上菜市場買魚有著天壤之別——賣魚的營業員為了防止插隊，用粉筆在人們的胳膊上寫號碼，一邊寫一邊喊著號碼。端麗覺得在衣服上寫號碼，像是犯人的囚衣。於是向營業員商量把號碼寫在她夾襖前襟的一角。誰知到她買魚時，她的號碼因人擠人和毛線衣的磨蹭給擦掉了。她急得快哭了，一句話也說不出來。後來，是鄰居為她作證，才順利買到魚。

---

15　同註七，頁 99~~100。

端麗不再畏縮，她獲得了與過去所不同的自尊感，那是在貧窮中才有的自尊。

女兒剛升中學，在學校受到別的孩子的欺負，端麗跑到學校，據理力爭，迫使老師和工宣隊師傅要那孩子來向她女兒道歉。

所以，端麗深覺「今日之我，已非昨日之我」——

> 她感覺到自己的力量，這股力量在過去的三十八年裡似乎一直沈睡著，現在醒來了。這力量使她勇敢了許多。[16]

## 四、具有勇於擔當的道德勇氣

漸之病重的小姑在端麗的安排下住進了精神病院。七三年下來了一個文件，小姑有資格可以辦理病退。端麗到處奔波，不過，最後，還須去一趟江西。

> 「讓二弟去吧！他在家橫豎沒事，並且又是出過門的人，總有數些。」文耀提議。
> 「我？不行！江西話我聽不懂，如何打交道。」文光很客氣，似乎除他以外，其他人都懂江西話似的。「還是哥哥去。哥哥年齡大，有社會經驗。」
> 「我要上班呢！」
> 「請假嘛。你們研究所是事業單位，請事假又不扣工資。」
> 「扣工資倒好辦了。正因為不扣才要自覺呢！」文耀頓時有

---

[16] 同註七，頁81。

了覺悟，「弟弟去嘛！你沒事，譬如去旅遊。」

「我和鄉下人打不來交道，弄不好就把事辦糟了。」

兄弟倆推來推去，婆婆火了：

「反正，這是你們兩個哥哥的事，總不成讓你們六十多歲的爹爹跑到荒山野地去。」

「哥哥去，去嘛算了！」

「弟弟去，弟弟去，弟弟去了！」

端麗又好氣又好笑，看不下去了，說：「看來，只有我去了。」

「你一個女人家，跑外碼頭，能行嗎？」婆婆猶豫著。

端麗苦笑了一下：「事到如今，顧不得許多了。總要有個人去吧！」[17]

從小家裡便對小叔照顧得無微不至，要什麼有什麼。文革剛開始的時候，他站出來和父親劃清界線，將被子鋪蓋一捲，上學校去住了。可兩個月不到，卻又灰溜溜地回了家。後來，又報名參加戰鬥隊。批准後，端麗一改羞澀，為小叔下鄉爭取補助；又陪小叔上街買東西，那是要「憑上山下鄉通知購買」的，所以，人山人海。小叔在擁擠的人群面前很怯懦，不敢擠，擠了幾下就退下去。

不僅是小叔如此，連身為長子的丈夫依然悠哉悠哉地活著，一點也沒有男子漢該有的擔當，他把家裡的重擔不知不覺地丟給了端麗。

---

[17] 同註七，頁 109～110。

　　文耀以前在學校以瀟灑出名，風度翩翩吸引了不少女孩子。功課平平，參加各項活動都很積極，端麗和他在一起很快活。這是高傲而美麗的端麗委身於他的一大因素；而今到了這個沒得玩了的日子，端麗發覺他，只會玩。

　　端麗當家後才知道錢是最不經用的；而文耀不知民間疾苦，從不分擔著為家裡的用度作打算，只會嘆氣。端麗突然發現自己的丈夫是這麼無能。過去，她很依賴他。任何要求，任何困難，到了他跟前，都會圓滿地得到解決。其實，他所有的能力，就是公公那些用不完的錢。沒了錢，他便成了草包一個，反過來倒要依賴端麗了。

　　端麗不禁感嘆，要是文耀的能力強一點，可以減少她很多疲勞。比如：有一次，文耀對端麗說：「妹妹學校來通知，晚上要召開家長會。媽媽耳朵不好，叫我去。我想恐怕是要動員上山下鄉的事。我不大會應付這些事，你去吧，啊？」端麗深覺是公公的鈔票害了文耀，她實在不知道他到底會做什麼？又如：端麗在工場間工作，中午有一小時午飯時間，他不像別人可以帶便當吃，吃完還有時間打個盹；因為，她還得匆忙地趕回家去弄飯給文耀和孩子吃，文耀是一點忙也幫不上的。

## 五、侍奉公婆更勝於昔

　　文革爆發後，掃蕩了他們所有的一切，公婆無法接受事實，仍舊沈迷於往日光采。

以前，公公婆婆也並不是那麼照顧他們，那年，端麗想買一套家具，婆婆說沒錢，等明年吧！可是不久卻給小姑買了一架鋼琴。

端麗對婆婆原是有些「敬畏」的。有一次，正值發育期的兒子吵著肚子餓，端麗要他自己泡一碗飯吃。此時，端麗立刻察覺到婆婆極不高興地看了她一眼，她便改口說給兒子一角錢，兒子是長孫，是婆婆的命根子。

隨著環境的轉變，端麗在轉變的環境中成長，我們也看得出端麗在公婆心中的地位亦直線成長。小叔參加報名戰鬥隊，要到黑龍江去開荒種地，婆婆有意要端麗去勸解；小姑感情受挫，精神不穩定，婆婆找端麗商量解決之道。

也許是環境的歷練，端麗操持一家的經濟和家務，變得懂事成熟許多，變賣東西，要孩子保密，怕公婆知道了擔心；每月把從工場間的工作所得，補貼婆婆十五元，充作小姑的生活費；小姑被迫分配往江西，公公去送行，難過地表示要是當年他不做老板，只老老實實當一生夥計，小姑就不會這樣了。公公自責地說是他作孽，拖累了全家人。端麗安慰他老人家說：「爹爹，你不要說這個話，我們都享過你很多福。」

公公面對在患難中扛起責任的媳婦，十分感慨地說：「端麗，我看你這兩年倒有些鍛鍊出來了。我這幾個孩子不知怎麼，一個也不像我。許是我的錢害了他們。他們什麼都不會，只會花鈔票。以前，我有個工商界的老朋友，把錢都拿到浙江家鄉去建設，鋪路、造橋、開學堂、造工廠，加上被鄉下人敲竹槓，一百萬美金用得精光。我們笑他憨，他說鈔票留給子孫才是憨。果然還是他有遠見。」

端麗的辛勞，公婆是看在眼裡的，所以，當公公拿到了十年強制儲蓄起來的一大筆錢，他除了分給每個子女一份，另外，又給了端麗一份。公公誇她在這十年裡，很辛苦。這個家全靠她撐持著。在小叔和小姑身上花的心血是不可用錢計算的。

## 六、女兒受其耳濡目染的影響

端麗的孩子也因為母親的轉變，而耳濡目染受到其影響。

端麗打包了以前還算新的衣服，要大女兒送到寄售商店去賣。她連對女兒都羞於承認目前的貧困，她對女兒說：這都是沒用的東西，放在家裡也佔地方，賣掉算了！大女兒也覺得害羞不願去；後來，在端麗的軟硬兼施下，才邊走邊掉淚離去；苦日子過慣了，孩子們也懂事不少。大女兒不再為跑寄售商店掉眼淚了，放學以後常常和幾個要好的小朋友一起到寄售店逛逛，看寄賣的東西賣出去了沒有。如果已經賣出，她就極高興地回來報告。

小姑被迫分配到江西，家裡傾其所有，為她準備行裝，如果沒有錢滿足她的需要，她就哭。後來，只得賣東西。端麗把錢包裡攢的錢也奉獻出來，大女兒把為了買鬆緊鞋的存錢撲滿交給端麗，對端麗說：「你捧好了，鬆緊鞋我不買了，現在反正已經不興了。」

大女兒下鄉參加三秋勞動，寫信回家報平安，信的起頭就寫：「親愛的媽媽、爸爸、弟弟、妹妹：你們好」然後又問候爺爺奶奶；接著寫他們的生活；最後，要媽媽保重身體，不要太勞累。

　　讀者應該都注意到在她的信中，把媽媽排在爸爸的前面，可見端麗在她心中的地位。

　　動亂過去，家產失而復得後，端麗一家又回到從前富裕的生活。

　　端麗發現小女兒並不是讀書的料，端麗可憐她，認為她大可不必費那麼大勁讀書。

> 「你跟著爸爸媽媽吃不少苦，現在有條件了，好好玩玩吧！」
> 咪咪抬起頭，認真地看著媽媽：「媽媽，我們怎麼一下子變得這麼有錢了？」
> 「爺爺落實政策了嘛！」
> 「那全都是爺爺的錢？」
> 「爺爺的錢，就是爸爸的錢……」端麗支吾了。
> 「是爺爺賺來的？」
> 「是的，是爺爺賺來的。但是爺爺一個人用不完，將來你如果沒有合適的工作，可以靠這錢過一輩子。」
> 「不工作，過日子有什麼意思？」咪咪反問道。她從小苦慣了，是真的不習慣悠閒的生活。[18]

　　這最後一句話「畫龍點睛」，端麗不知道其實小女兒的成長在潛移默化中受到她極大的影響。端麗過慣了富裕的生活，經過苦，回到原本的生活該是習慣，只是茫然。

---

[18]　同註七，頁 137、138。

## 七、女性意識因「成長」而展現

　　任一鳴在《中國女性文學的現代衍進》中為「女性意識」下定義說：「女性意識應該是女作家的主體意識之一。首先體現為女作家明確的性別自認，即女性的自覺。在這個大前提下，女作家以其特有的經驗關注女性生活、女性生存處境、女性命運；以其特有的目光觀照社會、過濾人生，從而對人生社會，尤其是女性生活有更多的發現，更深的理解。」[19]他將女性現代意識分為兩個層面：其一是以女性眼光洞悉自我，確定自身本質、生命意義及其在社會中的地位；其二是從女性立場出發審視外部世界，並對它加以富於女性生命特色的理解體驗和把握。[20]

　　女性意識源於女性特有的心理和生理的反映，女性以其獨特的眼光去體驗和感受外部世界時，有著自己獨特的方式和角度，而從不同的方式和角度，不同程度地映現出其內在的感情與外在環境對其生活經驗的影響或制約。王安憶即是以其意識刻劃了端麗的性格，為當代文學人物畫廊增添了一個獨特的女性形象。

　　當端麗謝絕了公公對她的犒賞，回到房間，文耀便和她爭執起來——

　　　「你的主意真大，當場就回脫爹爹的鈔票。」
　　　「是爹爹給我的，當然由我作主。」

---

[19] 任一鳴：《中國女性文學的現代衍進》，青文書屋，一九九七年 六月，頁23～24。
[20] 同前註，頁26。

「我是你的什麼人啊？是你丈夫，是一家之主，總要聽聽我的意見。」當家難的時候，他引退，如今倒要索回家長的權利了。

「那麼現在我對你講，我不要那錢，要這麼多錢幹嗎？」

「你別發傻好嗎？這錢又不是我們去討來的，有什麼好客氣的？」

「我不想……」

「為啥不想要？你的那個工作倒可以辭掉了，好好享福吧！」

「不工作了？」端麗沒想過這個，有點茫然。

「好像你已經工作過幾十年似的。」文耀譏諷地笑道。端麗光火了：

「是沒有幾十年，只有幾年。不過要不是這個工作，把家當光了也過不來。」

「是的是的，」文耀歉疚地說，「你變得多麼厲害呀！過去你那麼溫柔，小鳥依人似的，過馬路都不敢一個人……」

他那惋惜的神氣使得端麗不由地難過起來，她惆悵地喃喃自語道：「我是變了。這麼樣過十年，誰能不變？」[21]

　　端麗開始意識到她自己，開始去正視她自己的問題，發掘了過去她所未發覺的自我潛能。在艱辛的生活中，她用自己的汗水和勞力，換取微薄的收入，領略到「自食其力」的喜悅；她忍辱負重，含辛茹苦地支撐著這個從闊綽變為貧困的家，毅然決然挑起家庭的

---

[21] 同註七，頁 113～114。

重擔，體驗到「自立自強」四個字並不專屬於男人。將近十年的磨練，她在她的「異質環境」中肯定了自己存在的價值，所以，她當然不再「小鳥依人」，不再「不敢一個人過馬路」，她意識到自己有決定要或不要的權利，這些都拜環境給予她的磨練所賜。

人類學的實徵研究證實，男女的角色行為與特質是具可塑性的。[22]這一點我們倒是可以從端麗身上得到答案。

女人比較具有母性，一般母性行為不只是照顧小孩，廣泛地說，應該是一種願意照顧別人的慈善特質。[23]所以，當端麗從滿屋音響電器，渾身珠光寶氣的優渥環境，淪為為三餐溫飽而擔憂的貧民，她為了孩子、丈夫和其他家人不得不支撐起快要支離破碎的家庭，同時，她也享受到了被別人所需要的自豪。

過去的富裕生活雖然過得舒服無憂慮，可是似乎沒有眼下的窮日子有著甜酸苦辣的滋味，端麗不但心裡充滿了做母親的幸福，也深覺自己是丈夫和孩子的保護人，很驕傲，很幸福。

隨著政策的落實，端麗從她的「異質環境」回到「同質環境」——逛街、舞會、宴客、晚睡晚起，當回到「同質環境」的興奮消失後，她開始適應不良——

> 她不再感到重新開始生活的幸福。這一切都給了她一種陳舊感，有時她恍惚覺得退回了十幾年，可鏡子裡的自己卻分明

---

22　劉惠琴：《從心理學看女人》，台北：張老師出版社，一九九一年五月，頁 117。
23　同前註，頁 144。

老了許多，於是，她惆悵，她憂鬱。……人生輕鬆過了頭反會沈重起來；生活容易過了頭又會艱難起來。[24]

這是端麗女性意識的覺醒，她不再覺得無所事事是一種幸福。時空改變所帶給她的成長，使得她開始重新思索生活的目的和意義。

長久以來的社會期望要求男性要剛強、獨立、主動；女性要柔順、依賴、被動，端麗在她原本的「同質環境」中是照著這樣的性別角色去走的；可是，到了「異質環境」，她的丈夫未能剛強、獨立、主動，她只得讓自己變成丈夫的角色。「人格主要是指個體的身心系統與所處的社會環境的互動中所形成的獨特行為特徵。」[25]我們從這話更可以肯定端麗人格的轉變與成長與當時社會環境緊密聯繫。

余向學在〈引人思索的意境——讀〈流逝〉〉一文中說：「歐陽端麗在『文革』中的變化，完全是由於外部條件所迫，並非對主觀世界有什麼觸動。」[26]這話說得過於決斷，十年的困頓生活應該對端麗有所醒悟，而且是起了相當大的影響的，不能說對她的主觀世界沒有任何觸動，否則她可以依舊故我的活在她原本的「同質環境」，而不會有銷假回去繼續工作的念頭。

在小說結尾文耀要端麗辭職，雖然作者並未告訴我們端麗的最後決定，但我們相信：人的行為起源於遺傳，而發展於社會環境，端麗經過了十年的歲月洗禮，而有了一番自覺，她應該會做出慎重的抉擇，選定一條她未來所該走的路。

---

[24] 同註七，頁 135、136。
[25] 同註一八，頁 86。
[26] 同註一，頁 619。

　　王安憶一貫主張的積極、主動的人生態度是：「人應該自己掌握自己的命運」。[27]我們從〈流逝〉中透過端麗，可以見到她的寄託，也可以見到她所昭示的社會人生的問題，那是頗值得深思的。

　　　　　（原載於《明道文藝》，一九九八年十月，第二八三期）

---

[27] 嚴綱主編：《當代文學研究叢刊》第六輯，北京：中國社會科學出版社，頁155。

# 王安憶〈小城之戀〉裡的性愛與母愛意識

　　王安憶的〈小城之戀〉是她的「三戀」[28]作品之一，事實上我們應該把它當作是一部「性」小說來看可能較為恰當。因為這部小說中充斥著一股灼熱的慾望，我們見到男女主人公在不可抑制的性愛驅使下，展開一場野性的肉搏戰，從迷亂焦灼的性渴求，到沮喪疲憊的性消蝕，他們利用痛苦的互毆發洩其性苦悶。

　　但是，基本上，王安憶是把「性」作為人性的核心來探索和描寫的：「如果寫人不寫其性，是不能全面表現人的，也不能寫到人的核心，如果你真是一個嚴肅的、有深度的作家，性這個問題是無法逃避的。」[29]所以，王安憶所寫的人性，是包含性愛在內的人性。

　　《小城之戀》是敘述動亂時代，小城劇團裡的一對正處於青春期性意識萌動時期的男女演員，他們蒙昧無知，不但發生了關係，把對方當作發洩的對象，而且日漸耽溺其中，一面在罪惡感中沈淪，一面又對於彼此需索無度。渾渾噩噩地聽憑自然衝動的主宰，無可自拔的宣洩。後來，女主人公懷孕了，她的靈魂在母性的皈依中得到昇華；但男主人公卻仍舊走不出自我的牢籠。

---

[28]　王安憶的「三戀」指的是〈荒山之戀〉、〈小城之戀〉、〈錦繡谷之戀〉。
[29]　戴翊：《文學的發現》，上海：學林出版社，一九九五年五月，頁165。

## 一、對性壓抑以及性知識貧瘠的控訴

在〈小城之戀〉這篇小說中作者提出了很多問題值得讀者深思，而最重要的，就是對中國長久以來性壓抑以及性知識貧瘠的控訴。

單單從「性」就可看出中西文化的差異。西方學者將「性」視為正常，他們有所謂的「性學」，成為一獨立、專門的學問在研究。「性」原本跟「愛」應該是息息相關的，但在中國社會長期以來卻被公認為一種禁忌，凡是要談論這個被劃入「禁區」範圍的——「性問題」，就必須牽扯到「道德」的議題，否則就會淪為「色情」，這是傳統意識制約的結果，我們幾乎很少見到把「性」與「愛」連接起來討論其關係的，即使到了風氣漸開的八〇年代，「性」還是不免和「道德」配對。當然，「性」本身具有許多複雜的層面，「道德」就是其中一項，可是如果僅僅關注在「道德」上面，而忽略了生理、心理、社會與權力關係的種種層面，那麼諸多問題將為由此衍生，比如：性教育的欠缺，造成不健康的性愛觀念，接受外在對於性愛不正常的暗示和刺激，愈是壓抑不准談論，愈是想去摸索，這在王安憶〈小城之戀〉裡可以見到這種對於性的反常的現象。

外貌的吸引——直接訴諸感官美感的外在美，是兩性相吸的重要特質之一。但是，〈小城之戀〉裡男女主角對彼此的愛悅，並不是因為外在形貌的相互吸引。她十二歲——腿粗、臀闊、膀大、腰圓、豐胸——為此她感到羞恥；他大她四歲，卻孱弱不堪，發育不良。因為練舞時肌膚的接觸，他們對彼此產生了性渴求。

　　當他們開始意識到男女本質差異的存在後，他們在練舞時就越來越不自然，只好逃避，各練各的。然而，性的衝動隨著不良的種子的發芽愈之發達。

　　在小說中男女主角肉體上的結合，並不是以雙方感情的相互吸引和愉悅作為前題，其情欲僅僅是內在本能的原始衝動，因此，可以想見其悲劇結局。性關係乃是由男女兩方相互愛慕而發生的。唯有情與慾及靈與肉兩者達到和諧統一，才是自然且健康的性結合。

　　當他們練完功，他讓她先沖澡，他聽到洗澡房裡潑水的聲響，眼前現出這樣的畫面——

> 水從她光滑、豐碩的背脊上淺下，分為兩泓，順著兩根決不匀稱的象腿似的腿，直流到底，洄進水泥地裡的情景。[30]

　　她長成如早熟的果子，依然如小時那樣要他幫她開胯，他克服不了內心的騷亂，替她開胯時，決心要弄痛她，她痛得開罵，罵了一些她所不懂的粗話，比如：「我操你。」這啟發了他的想像，便也罵了回去，有著更確切的實用含義。對於他的粗暴，他感到抱歉，便溫柔以待，因為他的安慰，她哭得更傷心，但心中充斥了一股溫暖，像是被人親愛地撫摸。從此他們成了仇人，不再說話。練功時極盡折磨自己的身體，像是有意要懲罰它似的。

　　隊友不明究理，其實連他們自己也不清楚。隊長要他們握手言和——

---

[30] 王安憶：《小城之戀》，台北：林白出版社，頁108。

他們互相觸到了手，心裡忽然地都有些感動似的，掙扎明顯軟弱了。兩隻手終於被隊長強行握到一起，手心貼著手心。他再沒像現在這樣感覺到她的肉體了，她也再沒像現在這樣感覺到他的肉體了。手的相握只是觸電似的極短促的一瞬，在大家的轟笑中，兩人驟然甩開手逃脫了。可這一瞬卻如此漫長，漫長得足夠他們體驗和學習一生。似乎就在這閃電般急促的一觸裡，他意識到了這是個女人的手，她則意識到了這是個男人的手。[31]

他們仍舊沒有說話，在原始情慾的折磨下，利用練功自我展示，為的是引起對方的注意，他們以自虐式的練功來排解慾火焚身的煎熬，肉體的疼痛帶給他們一種奇妙的快感。在一次練功時，他們協議要互相幫助，於是兩人又說話了，不過，昔日明澈的心情已不復存在，他們互相躲著對方，也不再互相幫著練功了。

性心理學上說，越是文明、修養缺乏而又處於青春初期的青少年，最易爆發不易抑制的性衝動，並受到這種動物式生理需求的支配。[32]

在青春期的發育期間，沒有人給予他們性教育，所以對於自己身體的結構和變化感到疑惑。她面對著自己豐碩的乳房，既詫異又發愁，她以為得了什麼病，不明白它究竟還會怎麼下去；而對他來說，心靈的成熟是他的累贅，他的心充滿了那麼多無恥的慾念，那

---

[31] 同前註，頁 117。
[32] 陳坪：〈被遺棄與被斷送的——評〈小城之戀〉、〈荒山之戀〉〉，《批評家》第三卷第六期，一九八七年十一月十日，頁 29。

慾念卑鄙得叫他膽戰心驚，他想不知道這些慾念來自身體的哪一部份，如果知道，定要將它毀滅，一天夜裡，他才發現那罪惡的來源，但要毀滅那部位卻是不可能的。

有一次，他和藹地請求她幫助他排練托舉的一段，在肌膚相觸中，慾望侵蝕了他們的每一條神經。在練習當中，突然有人扳動了電閘，燈滅了，音樂停止了，他正負在她的背上，足足有半分鐘，他從她背上落下來，兩人沒說一句話便逃開了。自此，兩人雖是不見面，但整顆心卻被對方全部佔據了。

> 他的想像自由而大膽，那一夜的情景在心裡已經溫習了成千上萬遍，溫故而知新，這情景忽然間有了極多的涵義，叫他自己都吃驚了。她是不懂想像的，她從來不懂得怎麼使用頭腦和思想，那一夜晚的感覺倒是常常在溫習她的身體，使她身體生出了無窮的渴望。她不知道那渴望是何物，只覺得身體遭了冷遇，周圍是一片沙漠般的寂寥，從裡向外都空洞了。[33]

正式演出時，他倆在後台照管服裝和道具，當那一夜排演時的音樂響起，他倆的目光相視，她退進一間營房，他隨即也追了進去，在漆黑中他感覺到她的閃躲——

> 她笨拙的躲閃攪動了平穩的氣流，他分明聽見了聲響，如潮如湧的聲響。然後，他又向前去了半步，伸手抓住了她的手，她的手在向後縮，他卻攥緊了，並且摔了一下。她似乎「哎

---

[33] 同註三，頁 131。

喲」了一下，隨即她的背便貼到了他的胸前。他使勁摟著她的胳膊，她只能將一整個上身倚靠在他的身上。他是力大無窮，無人能掙脫得了。他的另一隻手，便扳過她的頭，將她的臉扳過來。他的嘴找到了她的嘴，幾乎是凶狠的咬住了，她再不掙扎了。[34]

他們在人前相互躲避，在人後則如膠似漆。「他們並不懂得什麼叫愛情，只知道互相是無法克制的需要。」[35]

　　他們又開始練功，互相照顧對方的生活。可是因為愛得過於狂熱而拼命，消耗了過多的精力，也漸失神秘感，減了興趣，不過他們還是欲罷不能，只是不明白似乎再怎麼拼命也達不到最初的境界。

　　他們自我摸索的錯誤的性觀念，把「性」看成是罪大惡極的——

　　　身體那麼狂熱地撲向對方，在接觸的那一瞬間，卻冷漠了，一切感覺都早已不陌生，沒有一點點的好奇、驚慌與疼痛。如同過場似的走了一遍，心裡只是沮喪。得不著一點快樂，倒弄了一身的污穢，他們再不能做個純潔的人了。這時方才感到了悲哀與悔恨，可是，一切早已晚了。[36]

　　弗洛姆說：儘管性的魅力可以藉放蕩的、短暫的官能結合製造出融合的假象，「然而這種沒有愛情的『融合』，只能讓素不相識的人分離如初——有時讓他們自慚形穢，甚至使他們彼此憎恨，因為

---

[34] 同註三，頁 133。
[35] 同註三，頁 134。
[36] 同註三，頁 138。

一旦幻覺消失，他們的陌生感甚至更為強烈。」[37]由於這樣的苦惱，他們相互懷恨，相罵開打，在一次又是廝打又是親熱中，他們達到了久已未有的滿足，可是接踵而來的是：

> 他們又覺出了身上的骯髒，好像兩條從泥淖中爬出來的野狗似的，互相都在對方面前丟盡了臉，彼此都記載了對方的醜陋的歷史，都希望對方能遠走高飛，或者乾脆離開這世界，帶走彼此的恥辱，方能夠重新地乾乾淨淨地做人。那仇恨重又滋長出來，再也撲不滅了。[38]

那樣的罪惡，就好比是種子，一旦落了土，就不可能指望它從此滅亡。[39]

一次，他們在野外尋歡，醒來時已是清晨，在路人的注視下，匆忙回到劇場，劇場裡的人按步就班地做著自己的事，像是向他們展示著幸福，就在這天晚上，她決定結束生命。

她整理舊衣；洗淨身體；和大家一起快活地吃飯、說笑，心中有了平等的感覺，才驚覺自己可以抑止渴望，她決定好好活下去。可是他呢？他認為她無情無義，他們本該一起受苦的，她怎麼能就這樣撇下他？

她一直努力克制著，但就在那一次他強行地撲向她時，她知道她又前功盡棄了。

---

[37] 同註五。
[38] 同註三，頁 140。
[39] 同註三，頁 141。

她發現她懷孕了。對女人而言，一旦有愛，就永遠不會止息。她在他身上找不到愛情，所以，當她在醞釀小生命，獲得了骨血相連的親情時，便無法停止她的愛了。

## 二、從情慾觀看性愛意識

在小說中這場克制慾望與超脫罪惡的競賽中，顯然她是贏過了他。孩子長得越來越像他，他越是害怕，他墮落於賭博、喝酒之中。新婚的妻子講起他便落淚，說受不了；重獲新生的她，雖然不排斥別人為她介紹對象，可是終究沒有人願意接收人家的二手貨，她雖然自卑，可也不怨恨，因為經過情慾狂暴的洗滌，她比以往任何時候都還要乾淨純潔。

呂正惠在〈王安憶小說中的女性意識〉中提到：「這篇小說在情節設計上不能說沒有缺點。首先，實在看不出兩人為什麼不能以結婚來結束不正常的性關係。王安憶雖然有些說明，但顯然不能令人信服。其次，在男主角發現女主角懷孕並生產後，王安憶並沒有足夠的機會來讓男主角當丈夫或父親，就很快的『宣判』他失敗『出局』，反過來說，這正足以說明，王安憶恰恰是要以這樣的設計來證明，女人在人性上超越男人。」[40]筆者相當贊同呂教授的說法。女人幸而有機會當母親，因此她們生命力的強韌，似乎比男人更甚一籌，這是她們能夠在人性上超越男人的原因之一。況且，小說中的

---

[40] 文訊雜誌社編：《苦難與超越——當前大陸文學二輯》，台北：文訊雜誌社，頁 103。

男女主角原本的關係就不是建築在愛情之上，所以，當女主角因為擺脫他，而不再感到罪惡時；當女主角發現自己可以獨立扮演好母親的角色，而不再需要他時，當然就無所留戀的宣判他出局。由此，我們可以更加肯定的是：因性而愛的愛，並不是真愛；因愛而性的愛，才是真愛。唯有「性」與「愛」結合的愛情，才是健康而建全的。我們設想男女主角如果具有正常的性知識、性觀念，讓「性」伴隨著「愛」而成長，那麼小說結局可能就會改變了，因為，性愛的熱情會隨著時間的流逝而消逝，但是，如果善於經營愛情，那麼彼此間對於愛情的需要與熱情，卻是會與日俱增的。

想要維持婚姻，男女間一定要有「戀愛」的感覺，而且要「深愛著」對方，所謂「『戀愛』的感覺，指的是重新發掘對方種種想法和習性，這一來，無論你們共渡多少個年頭，兩人之間的關係仍能長保新鮮；『深愛著對方』表示另一個人在心理、生理、精神和情感各方面都能使你感到滿足。在一開始的時候，兩人一定要互相尊敬愛慕，才能融入對方的生活之中。」[41]小說裡的男女主角就是缺乏了這種戀愛的感覺，他們彼此並不相愛，加以暴力性的變態行為，簡直扭曲了男女之間的正常關係。要說他們有關係，則只是建立在「性慾」之上，所以，他們並不快樂，真正的愛情是令人感到興奮歡愉且自在閒適的，而不是像他們那樣充滿污穢、罪惡。

在外地演出時，他們緊緊抓住演員換裝的十分鐘暫時止住了飢渴；但是，由於匆忙緊張而不能盡興，卻更令他們神往了。他們期

---

[41] 雪兒・海蒂著林淑貞譯：《海蒂報告：婚戀滄桑》，台北張老師文化事業股份有限公司・一九九四年十一月，頁 754。

待下一個台口，能有一處清靜的地方供他們消磨灼人的慾念。可是希望愈大，失望就愈大。他們慾求不滿，將旺盛的精力轉為暴力，公開地將怒氣向彼此發洩，兩個身體交織在一起，劇烈地磨擦著，猶如狂熱的愛撫。簡直就是以公然的打鬥，代替私底下的性愛。

他們所以愛得如此痛苦，全在於他們是因性而愛，而不是因愛而性。愛一個人時，心裡會掛念著對方，會在乎對方的感覺，會尊重對方，重視對方的意見，快樂興奮時與之分享，悲傷難過時尋求其安慰，所以，心裡想的絕對不僅僅只是性的感覺。「性的熱情是非常情緒化的，會使生活變得不平衡。長期的性關係若要穩固，則必須平靜、鎮定，而且規律。真正熱情的性關係是狂亂、狂喜而且飢渴的——這些特質只會把平靜的生活弄得天翻地覆。」[42]由於，男女主角不正常的性關係發展使得他們無法擁有平靜的生活，就算是一絲絲的引誘也能有所牽動。

就在他們不好也不壞地相處，平和到他們懷疑兩人曾有過那樣的關係時，劇團出發，往南邊演出。不知是有心，還是無意，他們竟坐在一起，緊緊地擠在一起，他們幾乎是睡著了，只留有一線知覺還悠悠的醒著——

> 這醒著的一線知覺縈繞著他們徹底鬆弛、沒有戒備的身體，漫不經心似的撩撥，好比暖洋洋的太陽下，涼沁沁的草地上，一隻小蟲慢慢地在熟睡的孩子的小手臂上愛撫似的爬行；好比嬰兒的時候，從母親乳房裡細絲般噴出的奶汁輕輕掃射著

---

[42] 同前註，頁 761。

嬌嫩的咽喉；好比春日的雨，無聲無息地浸潤了乾枯的土地；好比酷暑的夜晚，樹葉裡滲進的涼風，拂過汗津津的身體。他們睡得越是深沉，那知覺動得越是活潑和大膽，並且越來越深入，深入向他們身體內最最敏感與隱秘的處所。它終於走遍了他們的全身，將他們全身都觸摸了，愛撫了。他們感到從未有過的舒適，幾乎是醉了般的睡著，甚至響起了輕輕的鼾聲。那知覺似乎是完成了任務，也疲倦了，便漸漸地老實了，休息了，也入睡了。這時，他們卻像是被什麼猛然推動了一下，陡的一驚，醒了。心在迅速地跳著，鐘擺般地晃悠，渾身的血液熱了起來，順著血管飛快卻沉著地奔騰。他們覺著身體裡面，有什麼東西醒了，活了，動了。是的，什麼東西醒了，活了，動了。他們不敢動一動，不敢對視一眼，緊貼著的胳膊與腿都僵硬了似的，不能動彈了。彼此的半邊身體，由於緊貼著，便忽地火熱起來，一會兒又冰涼了。他們臉紅了，都想掙脫，卻都下不了決心，就只怔怔地坐著。[43]

　　劉再復在論及「情慾」時分析說：情慾是人類心靈世界和性格世界的重要組成部分。包括狹義與廣義兩種。所謂狹義情慾，就是指兩性之間的性愛。所謂廣義情慾，則是指從內心深處中迸射出來的各種慾求、慾望、情緒、情感的總和。[44]他把「情慾」的結構分為三個層次——

---

[43] 同註三，頁145～146。
[44] 劉再復：《性格組合論（下）》，台北：新地出版社，頁190。

　　情感的最低層次就是我們通常所說的「慾」，即感性慾望。這是人的生物生理本性的表現，它包括食慾性慾。

　　情慾的中間層次則主要不是慾，而是情了。它已不是單純的生物生理需要，還包括著精神需要。這一層次的情感是「情中有慾」。真正的情感，包含著精神追求的情感，在追求中包含著對人的尊重，對人的愛，所以這種情感有時自然而然地會抑制某種生物性的粗鄙慾望。

　　情慾的最高層次就是社會性情感，它在「情」中滲入了「理」。[45]

　　這篇小說中的男女主角便是處於最低層次。

　　在最低層次中，「情慾作為一種生命的內驅力，它的運動形式是極不確定和極不穩定的，它追求的是合自然目的，它往往顯得很粗鄙，但是它說不上善也說不上惡。」[46]

　　比如：在一個燠熱的深夜，他倆很有默契地偷溜下頂樓，進了一間房間。

> 他們靜靜地站立著，只聽見對方急急的呼吸。站了一會兒，他抓住了她的胳膊，將她搡進了一座不知誰的蚊帳裡，蚊子也跟隨進來了，轟炸般的在耳邊鳴響。頓時，身上幾十處地方火燎似的刺癢了，可是，顧不得許多了。他們一身的大汗，在骯髒腥臭的汗水裡滾著，揭了蓆子的，粗糙木板拼成的床板，硌痛了他們的骨頭，擦破了他們的皮膚，將幾十幾百根刺扎進了他們的身體，可，他們什麼也覺不出了。[47]

---

[45] 同前註，頁 193、195、196。

[46] 同註一七，頁 206。

[47] 同註三，頁 161。

完事後，他們沒有絲毫的喜悅與解脫，接踵而來的是懊惱，直問是否得了不治之症？

在他們的理解中，「性」代表了一切，對性狂熱、迷亂的義無反顧的渴求，不計一切代價的渴求，他們的「思想確實被捲走了，情慾表現出一種狂亂的、凶狠的特徵，這是沒有意識控制的感性慾望的實現。」[48]所以，狂亂的野合的羞恥也抵擋不了他們對性的飢渴。

在外三個月，終於回家了，他們熟門熟路，可以知道哪一處是僻靜的地方。他們幾乎是很有默契地夜夜外出，深夜才歸，可是快樂是越來越少，就只那麼短促的一瞬，有時連那一瞬都沒了。他們若有所失，急躁地要尋回，他們實在不明白：「人活著是為了什麼？難道就是為了這等下作的行事，又以痛苦與悔恨作為懲治。」[49]

人的愛情在與某種理智結合起來之後，仍然帶著感性慾望的自然特性，即人在愛的時候，不僅僅有靈與靈的交流，還有肉與肉的交流。因此，一個真正的人，他的愛情過程，往往是一種靈與肉的矛盾統一過程，兩者互相補充、互相推進的過程。[50]的確，有慾不能無情，這才是人的生活，從這個意義上說《小城之戀》是以另一種方式在呼喚「愛」的歸來。

如果他們的關係是建立在愛情之上，是從感情試探開始的，他們便大可隨著劇團裡出現幾對情侶時，就讓戀情公開化，任其正常發展，他們就無須苦苦等待機會。

---

[48] 同註一七，頁 206。
[49] 同註三，頁 165。
[50] 同註一七，頁 199。

　　為了找尋合適的地點，以抒解沈睡已久的渴望。他們總找不到一個安全的地點——有一次在河岸，就在他們最如火如荼的時刻，被一輛駛過的手扶大吼一聲，那沮喪與羞辱，使得他們再不敢到河岸，甚至連提到河岸都會自卑和難堪。所以他們只得在劇場裡硬捱著。

> 他們覺著這一整個世界裡都是痛苦，都是艱苦的忍耐。他們覺著這麼無望的忍耐下去，人生，生命，簡直是個累贅。他們簡直是苟延著沒有價值沒有快樂的生命，生命於他們，究竟有何用呢？可是，年輕的他們又不甘心。他們便費盡心機尋找單獨相處的機會。[51]

　　如果他們有正確的性觀念，就不會深覺慚愧、深覺別人比自己純潔，就不會有自己不夠資格的想法。這樣的變態心理的催折，他們不禁要問：

> 究竟是什麼東西，在冥冥之中，要將他們推下骯髒黑暗的深淵。他們如同墜入了一個陷阱，一個陰謀，一個圈套，他們無力自拔，他們又沒有一點援救與幫助，沒有人幫助他們。沒有人能夠幫助他們！
> 他們只有以自己痛苦的經驗拯救自己，他們只能自助！[52]

---

[51] 同註三，頁 153。
[52] 同註三，頁 159。

## 三、從女性主義學派對「生殖」的意見看母性意識

女性主義理論者因其所採的主要研究路徑的不同，而分有自由主義、馬克思主義、基進、精神分析、社會主義、存在主義與後現代等等的學派。其中基進女性主義學派最關注的是女性生理與心理狀態的壓迫，尤其在女性生理上格外重視「生殖能力」的問題。[53]

一九七〇年初期，法爾史東（Shulamith Firestone）提倡要求婦女解放，女性應該放棄自然生殖，而以人工生殖取代。在她的著作《性別的辯證》（The Dialectics of Sex）中指稱：父權體制（patriarchy）是將女性次等化、卑屈化的體系，女性所以被次等、被卑屈主要是根植於兩性的「生理差異」，這裡所謂的「生理差異」，指的就是女性具有生殖的能力。[54]

法爾史東認為要探究男尊女卑的原因，不是從經濟層面上，而是要從生理層面上去找──兩性之間的不平等就在於生殖角色所扮演的不同，以生殖功能為基礎的「生物家庭」（biological family），造成了長久不平等權力分配。[55]

法爾史東歸結促使男女權力的不平等有以下四點：

（一）、由於女人生育時身體最衰弱，必須依賴男人。

（二）、嬰孩長期的依賴母親。

（三）、母子相互依賴的心理效果。

---

[53] 參見羅絲瑪莉・佟恩著　刁筱華譯：《女性主義思潮》，（台北時報文化出版有限公司・一九九六年十一月），頁 1～4。

[54] 同前註，頁 125。

[55] 同註二六，頁 127。

（四）、由於兩性在生殖能力有絕然的自然差異，衍生了性別分工。[56]

女性十月懷胎經過害喜、頻尿、貧血、水腫、行動不便、陣痛，這些都是男性所無法經受的。父親因為沒有懷胎十月的經驗，所以與孩子「血肉相連」的感覺當然不似母親強烈，〈小城之戀〉裡受到母性意識昇華的女主人公不敢讓他知道，怕他粗暴的蹂躪會扼殺這條小生命。她不願回答他的疑惑，只說不干他的事。肚子裡的小生命喚起了她的母性意識，以往浮躁騷動的慾火，似乎被這個小生命給撲滅了。她發現自己又重新活了過來，也深刻體會對於新生命有著不可推卸的責任。

> 那生命發生在她的身上，不能給他一點啟迪，那生命裡新鮮的血液無法與他的交流，他無法感受到生命的萌發與成熟，無法去感受生命交予的不可推卸的責任與愛。[57]

加以母親對於從己而出的孩子，很自然地流露出母愛溫柔的一面。母親從懷孕起，產後的哺乳，幼兒的生活學習，課業的指導，到生活教育的養成，母親和孩子幾乎朝夕相處，即使父母親皆為上班族，下班後母親還是得為孩子打點一切，所以，孩子對於母親的依賴當然遠遠勝過父親，這就是因為生殖能力的差異，所造成的性別分工。就如小說中領導強迫她去動手術，她不願意，產下一對雙

---

[56] 藍佩嘉：〈母職——消滅女人的制度〉，（台北《當代》，民國八〇年六月，第六十二期），頁84。

[57] 同註三，頁183。

胞胎後，上面更不忍將她開除，反而安排她去看門；一份工資要養活三口人，頗為艱難，有人勸她送掉一個孩子，她死也不肯，她覺得甘之如飴，「多年來折磨她的那團烈焰終於熄滅，在那慾念的熊熊燃燒裡，她居然生還了。」[58]她那屬於母性意識的理性從沈睡中甦醒了。

一九七〇年中期，瑞奇（Adrienne Rich）宣揚女性應重視男性所沒有的生殖能力，以其特殊性去開創不同於男性的思考方式和世界觀。正視母職的經驗，因為這經驗是創造力和喜悅的可能來源。

瑞奇在她的著作《女人所生》（Of Woman Born）中區分母職的概念為兩個不同的層次：

（一）制度（institution）：瑞奇同樣反對母職成為一種強制的制度。

（二）經驗（experience）：瑞奇認為法爾史東對懷孕、生殖的看法是男性傾向的，並未能探究母職作為一種經驗的內涵；瑞奇以為，女性所以被奴役，並不是因為她具有生殖能力，而是因為她具有生殖能力的這個事實，被整合入男性控制政治與經濟權力的模式所導致的結果。[59]

瑞奇相信男性對於女性所擁有的生殖能力，始終抱著一種既妒羨又畏懼的情緒。妒羨的是：男性瞭解到──「地球所有人類都是

---

[58] 同註三，頁 184。
[59] 同註二九，頁 87。

由女性所生」的事實；畏懼的是：女性既然能創造生命，那麼是否也具有剝奪生命的能力？[60]

瑞奇認為男性醫師，包括心理醫師，所以不斷為女性懷孕、生產訂立規則——不但是想操控女性的懷孕過程，甚至也想規範女性分娩時的感受，這都是為了要節制、收束女性為人母的權力，以求父權體制能永世其昌。[61]

正因為女性是如此地偉大，所以，瑞奇認為女性萬萬不可輕易放棄自然生殖，而進行人工生殖。瑞奇認為女性在觀念上首先要做修正，應該把懷孕、分娩視為是令人振奮的喜事，要主動積極地控制自己特有的權力；消極被動地等待接受宰割，只會感到更不被重視。[62]

我們應該有正確的觀念，將女性生理視為正常現象，而不要在精神層面上，又去加深女性的負擔，唯有以正常而自然的心態去迎接女性生理的種種變化，才是明智之舉。誠如瑞奇所言——

> 那能在女體內發生的生命醞釀及瓜果漸熟——自有其相當激進的意涵，有待我們多作理解、體察。父權思想業已將女性生理收束到它自身狹隘的內容中去。女性主義受了這樣的影響，亦迄今一直未多把視野投注到女性生理上去。但我相信，女性主義終將要改變觀點，不再要視女性生理為無奈運命，而能逐漸視其為可引生創造的泉源。[63]

---

[60] 同註二六，頁 136。
[61] 同註二六，頁 137。
[62] 同註二六，頁 138。
[63] 同註二六，頁 151。

　　就法爾史東和瑞奇二家的說法，筆者十分贊同她們二家對母職
成為一種強制的制度的反對，因為她們皆能正視女性長久以來被欺
壓於父權體制之下的悲慘命運，進而對女性的生殖問題提出關懷。

　　但筆者與瑞奇一樣反對法爾史東的主張──以人工生殖取代自
然生殖。法爾史東的看法，實在過於激進與尖銳，完全忽略了女性
原本與生俱來的特質，所強調的只是負面的層面；妊娠期除了生理
不適、情緒起落之外，還有一種孕育生命的喜悅與期待，這是屬於
正面的層面，也是法爾史東所忽略的。在《海蒂報告：婚戀滄桑》
第十三章〈結婚的目的──已婚女性的說法〉的問卷調查中：有百
分之十四的女人，雖對婚姻有著複雜的感受，或覺得婚姻不美滿，
但卻仍很高興自己終於有了孩子；對於生產的經驗，雖然大多數有
小孩的女人都說這是最令她們興奮的經驗，但是決心不要生小孩的
女人之中，也有高達百分之九十二的人說她們從不感到後悔，事實
上，她們對於自己的決定感到怡然自得。[64] 所以，在女性的立場上，
就自然生殖而言，其正面意義還是大於負面的。

　　雖然筆者贊成瑞奇對自然生殖的正面肯定；但較不苟同瑞奇對
於男性醫師對女性妊娠期種種生活作息的「提示」，而將它視為是一
種「規範」，是一種「意圖奪權」的證明。舉例來說，筆者認為女性
透過婦產科醫師（大部分是男性醫師）的著作，可以瞭解在妊娠期
間，各個階段所要特別注意的事項，它可以提供女性相關的知識，
如此未雨綢繆，共同的目的只為產下健康的寶寶。所以，女性大可

---

[64] 同註一四，頁 715、718。

放開胸懷，接受男性好意的關懷，不必心胸狹隘地擔憂男性不懷好意，其實女性特有的生殖能力與權力是誰也帶不走的。

在基進女性主義為生殖問題爭論不休，各執己見時，她們絕對想像不到隨著今日所謂的「人工受經」、「試管嬰兒」、「胚胎移植」和「代理孕母」的產生，以及以「剖腹生產」、「無痛分娩」來替代「自然生產」的危險與疼痛的種種方式，兩性在生殖過程中所扮演的角色已經算是相當接近了。

戴翊評王安憶的這篇小說時說：「王安憶同其他有些寫性題材的作家的不同之處，在於她在主觀上不是停留在通過寫『性』來反映社會歷史文化內容的審美層次，而是真正通過創作對作為人的生理本能的『性』進行探索。」[65]的確，王安憶的〈小城之戀〉從人的性本能的角度去洞察人物，透過作者集中地刻劃人物性飢渴以及性苦悶的心理流程，把社會環境背景對青春生命的壓抑鮮明地展示。

我們必須承認，是性愛這個婚姻結合的原始力量，把男女聯結成最最緊密的關係，但是，男女結合如果缺乏情感，必然更加醜化赤裸裸的慾，而隨著不健全的性愛，不幸的人生也將伴之而來。

誠如弗洛姆所言：愛情「是對把自身完全融化、與另一個人融為一體的渴望。」[66]因此，為使男女雙方的愛情能夠和諧發展，精神世界是必須不斷充實和拓展的。

（原載於《淡水牛津文藝》，二〇〇〇年四月，第七期。）

---

[65] 同註二，頁 165。
[66] 同註五。

# 多情應笑我──王安憶〈金燦燦的落葉〉

當王安憶〈金燦燦的落葉〉在一九八一年的《青春》發表後，引起大陸各界不同批評的聲音。〈金燦燦的落葉〉說的是這樣的一個故事：

莫愁和丈夫原本是一對感情深厚的夫妻，但是他們的婚姻隨著丈夫考上大學後，起了變化。因為經濟考量，莫愁放棄了和丈夫一起考大學的理想，全力支持丈夫，擔負起所有的家務和教育小孩的責任，但也因為這樣和丈夫漸行漸遠，沒有了共同的話題。就在第三者介入他們婚姻生活的同時，莫愁在徬徨悔恨之餘，警覺到自己必須前進，才能填補和丈夫的鴻溝，才能和丈夫的真心重逢。

大陸評論家邵中義肯定這篇小說的主題──「莫愁掙脫痛苦，立志自強的形象告訴人們：愛情的生命須要不斷更新，愛情的獲得不能消極等待而要積極進取」；但是，他認為莫愁的形象寫得不真實、不典型──「從氣昏到自怨，由自怨到奮飛，這對莫愁來講是了不起的飛躍。她是怎樣完成這一思想轉變的？是一種什麼精神力量支配著她？……仔細揣摩，原來是愛情的力量。愛情可以阻止她與丈夫醜行鬥爭，可以驅使她『憐憫』自己的『情敵』，可以促使她自責自問，壓抑住哽咽說出：『我努力，努力使你回來』的話，這種愛豈不更奇怪。」[67]

---

[67] 邵中義：〈一個不真實的藝術形象──淺析〈金燦燦的落葉〉中的莫愁〉，《作

當然，愛情的力量是不容忽視的——他們夫妻的感情是在惺惺相惜的命運中建立起來的，他們本是同學，文革時，由於兩人都不是紅五類，都沒有資格參加紅衛兵，在學校只能坐在角落裡，就在這樣的氛圍下，他們建立了比一見鍾情更加牢固的感情。一直到小說結尾我們都還可以肯定，莫愁是愛他丈夫的——不過這只是其中一個因素。

女人可以為了愛一個人而接納並包容他的錯誤，這是性別上的差異。男性評論家可能未能理解到這一點，而單單只是從「理」的角度去看，而忽略了「情」這一點。

另外一個因素，當然就是莫愁本身的性格使然。莫愁是一個理性的女子。丈夫有封神秘的信，信封上的落款是北京，但郵戳卻是本市，莫愁原封未動把信交給紅了臉了的丈夫。換作是一般的女人，不是把信給封殺，就是先行拆閱，然後和對方大吵一架。莫愁沒有這麼做，這反倒教丈夫更覺理虧，當然這的確是相當不容易的，可見莫愁仍有心維繫婚姻，她要以理性的作風，把迷失的丈夫拉回來。所以，她「嚴以律己，寬已待人」地自我反省過去的生活——

> 她忙得不亦樂乎，一家三口的衣食住行充滿了腦子，把原先她喜愛的希金、屠格涅夫、李白、杜甫的位置全侵略占領了。她再沒空閒和興趣去關心別的了……
> 他走進了新的領域，她仍然留在舊的生活中，他們很難有共同的話題了。然而，她所以留在舊生活中，全是為了他，為

品與爭鳴》第六期，一九八二年六月，頁 65。

　　了能把他送進新生活。……她以為「我就是你，你就是我」。
可是，現實卻再清楚不過了——「我就是我，你就是你！」
她的犧牲結果是在他們之間築了一道牆，掘了條溝。[68]

　　無可諱言的是，在婚姻生活中，在原地踏步的人是沒有資格要
求一直在往前的人也和他一樣停下腳步的，就這一點來說莫愁的丈
夫是沒有錯的，錯只錯在那個和他「討論功課」有共同話題的對象
是個女生，他給了這個喊他妻子「莫愁姐姐」的女孩介入他家庭的
機會。這是他可以預防避免的，可是他沒有，那當然是他的錯，這
是無庸置疑的。

　　邵中義認為應當讓莫愁的丈夫承擔點責任；另一位大陸評論家
鍾金龍也認為作品應該批判莫愁的丈夫，而不是把雙方感情分裂的
原因全部歸於莫愁。[69]

　　這可能牽涉到小說敘述角度的問題，作者是站在第三人稱主角
的觀點去敘述，所以，她的要求僅限於莫愁自己，並未涉及到莫愁
丈夫的內心，但從小說的一些細節，我們可以見到莫愁丈夫的愧疚
表現。只是作者的重心表現在莫愁，而不在於她的丈夫，因此，對
於丈夫所要承擔的責任，讀者可以自己去評斷。

　　其實表面上看來，莫愁的丈夫儼然是現代的陳世美——忘恩負
義、喜新厭舊，但若深入些，從另一個角度來看，他不也是整個大

---

[68] 王安憶：〈金燦燦的落葉〉，《作品與爭鳴》第六期，一九八二年六月，頁28、
　　 29。
[69] 鍾金龍：〈為敗壞道德鳴鑼開道——評小說〈金燦燦的落葉〉〉，《作品與爭鳴》
　　 第六期，一九八二年六月，頁32。

環境下的悲劇人物。因為文革耽誤了他十年，又因為現實環境莫愁
無法和她一起前進，以致於，他前進了，莫愁卻後退了，莫愁再也
走不進他的領域中。他在別人的身上去尋找莫愁過去的影子——那
個年輕的第三者是丈夫班上的同學，她來玩過幾次，總是喊她莫愁
姐姐。莫愁記得有一次丈夫對她說：

> 「這女孩像你——年輕的時候。」
>
> 莫愁開玩笑說：「嫌我老了。」
>
> 「不，」他說，「你還是你，只不過——」他沒說下去。[70]

　　他一心把課業擺第一，犧牲了親情和婚姻——以兒子太吵，無
法準備畢業論文為由，搬到宿舍去住。莫愁接到匿名信，暗中到學
校，果然證實了她不得不接受的事實。雖然，他利用課業找到了志
同道合的伴侶，但面對莫愁時的罪惡感想必是深重的，尤其是莫愁
不哭也不鬧，沒有任何的責備。

　　就是基於這一點，鍾金龍則是嚴厲地指出這篇小說的思想基調
是不健康的，它是在為喜新厭舊的人張目，為敗壞道德鳴鑼開道。「她
要在一年的時間內，努力爭得和丈夫相當的地位、相等的知識，但
並不是為了四化建設，為了人民的事業，而是為了獲得和那個姑娘爭
風吃醋的資本，使丈夫回到身邊而已。不難看出，作品所宣揚的還是
那種婚姻必須地位相同、知識對等的『門戶當對』的偏見。」[71]其實
鍾金龍這樣說可能才是一種偏見，他並未能見到這篇小說的全面。

---

[70] 同註二，頁28。
[71] 同註三，頁33。

當然婚姻裡的兩位主角並不一定是要地位相同、知識對等，但是如果雙方能夠達到這樣的境界不也是美事一椿，誠如恩格斯所說的：「如果說只有以愛情為基礎的婚姻才是合乎道德的，那麼也只有繼續保持愛情的婚姻才合乎道德。」[72]莫愁正在為追求這種「繼續保持愛情的婚姻」而努力，不管結局如何，至少她決心要付出努力。

他還認為該篇小說所宣揚的觀點很荒謬——「我們不禁要問：難道沒有考上大學（而莫愁本來可以考上去的，只是為了他才沒有去考）做其他工作就沒有了自己的『一份人生』了嗎？就沒有盡到一份責任嗎？」[73]沒錯，當然這個答案是否定的，所以，莫愁要走出她的象牙塔——作者在結尾並沒有說莫愁是要利用一年的時間去考大學，也許她去找工作，也許走出家庭，擴展生活領域，希望能先和丈夫站在同一地平線上，如此才有挽回婚姻條件。

其實作者留下了一個開放式的結局讓讀者去想像，小說的結尾是這樣寫的——

> 「你給我一年時間好嗎？」她輕輕地說。
>
> 他微微一震，沒回答，卻似乎是聽懂了。
>
> 「我努力，努力使你回來。」她壓抑住哽咽，輕輕地推開了他，「去吧！」
>
> 屋外，秋葉在飄落，幽然而安祥，在陽光下翻著金，翻著銀。生命在進行更新。[74]

---

[72] 戴翊：《文學的發現》，上海：學林出版社，一九九五年五月，頁308。

[73] 同註三，頁33。

[74] 同註二，頁30。

　　我們不妨試著想像：這片飄落的秋葉，代表著的是莫愁「昨日種種譬如昨日死」；而在進行更新的生命，代表著的是莫愁「今日種種譬如今日生」。

　　假若莫愁恨她的丈夫或採取任何非理性的行動，對事情有所幫助，那麼她當然必須恨他，必須採取行動；但那對他們的婚姻根本沒有任何的轉機啊！她既是那麼愛他，就從自己去作改變。

　　當莫愁輕輕地推開了他，對他說：「去吧！」那需要多大的勇氣，也許那是一種欲擒故縱，是莫愁為了讓自己擁有活得更有尊嚴的條件，是莫愁為了能真正得到他的心。她明白：

> 就算他回心轉意。可憑著感激來維持的愛情終究能給人多少幸福呢？莫愁苦笑了一下。也許她太愛他了，她不恨他，一點不。奇怪的是，也並不恨她，她還很小，卻要擔負起這麼沈重的感情。[75]
>
> 莫愁只怨自己，她知道愛情是不能勉強的。她相信，如果沒有了這個女孩子，他還是會對她淡漠。[76]

　　邵中義擔心說：「莫愁經過一番努力趕上甚至超過丈夫，但誰又敢保證他再不會找另外的博士姑娘呢？」[77]當然，莫愁給他們一年的時間努力去挽救婚姻，如果丈夫依然如故，不顧夫妻的情份，想必在一年中有所成長的莫愁，定會有自我的主見去決定未來該走的

---

[75] 同註二，頁 30。
[76] 同註二，頁 30。
[77] 同註一，頁 65。

路。我們如何要求長期待在樊籠裡，沒見過世面，甚至沒有經濟能力的她，能對丈夫作出什麼鞭笞。而且我們別忘了，他們還有一個小孩，這也有可能是莫愁要努力挽回婚姻的原因之一。

因此，筆者認為作者這種開放式的結局，反而帶給讀者更大的想像和思索的空間。少數男性評論家以其性別角色的差異的角度，去看女作家王安憶所塑造出來的女主人公的想法，未免有失偏頗。

大陸評論家鄭彬寫了一篇〈深刻的哲理　生動的人物——讀〈金燦燦的落葉〉〉肯定這篇小說，他說：「真正的愛情應當建立在情趣相投、志同道合的基礎上，並且還需要進行不斷的充實。」「莫愁的身上既有中國婦女勤勞、樸實、任勞任怨、勇於犧牲自己的傳統美德，又閃爍著新時代女性的光芒。」[78]

事情發生，先問自己，再去要求別人的莫愁，其「中國婦女形象」就像是航鷹筆下〈東方女性〉裡的林清芬——身為醫生的她以理性的態度檢討自己對婚姻的疏忽，並原諒有了婚外情的丈夫，且撫養第三者和丈夫所生的小孩，長大成人；其「新時代女性形象」就像是陸星兒筆下〈啊，青鳥〉裡的榕榕——當榕榕發現和丈夫有了隔閡，她並沒有自怨自哀，她理解到女性要自立自強，才有與男性平等的條件，因此，她雖然身為母親，還是艱辛地完成了大學的學業，並在事業上有自己的一片天，後來不得不教丈夫佩服並自譴，終於最後還是換得婚姻的和諧。

---

[78] 鄭彬：〈深刻的哲理　生動的人物——讀〈金燦燦的落葉〉〉，《作品與爭鳴》第六期，一九八二年六月，頁31。

　　所以，王安憶的〈金燦燦的落葉〉在女性文學的進程中，是占有值得肯定的地位的。

　　（原載於《中國文化月刊》，二〇〇〇年八月，第二二五期。）

# 試論王安憶〈崗上的世紀〉
# 所呈現的性愛的女性意識

## 一、前言

　　王安憶是大陸新時期有名的女作家，特別是她在後期發表的「三戀」──〈荒山之戀〉、〈小城之戀〉和〈錦繡谷之戀〉。這三篇小說對兩性加以辨別，試圖透過兩性關係去探索人性的複雜面，雖然還說不上是用女性本位的眼光去看問題，但已經能夠敏感地注意到性別的差異問題，可說是很明顯地脫離了五〇年代到七〇年代末的「無性別」意識了。王安憶站在女性主義的立場，相當突出地表現了女性的視角，把女性對生命的熱情，豐滿地呈現。到了一九八九年，王安憶發表了〈崗上的世紀〉更是極致發揮了女性本位主義。

　　王安憶〈崗上的世紀〉是以性愛為主題的小說，寫的是女知青李小琴為了能上調，以姿色賄賂已婚的小隊長楊緒國，兩人維持著性愛的關係，說是山盟海誓永不分離。然而，楊緒國卻因故未能推薦她，賠了夫人又折兵的李小琴到上頭告了楊緒國一狀，後因楊緒國是初犯，又是貧下中農出身，押了一冬就被釋放了。楊緒國在小崗上找到他朝思暮想的李小琴，他們再度沈浸於久別重逢的高潮中，她勸他離開，卻又依依難捨，又整整纏綿了七天，在最後一次的魚水之歡中，一起開創了極樂的世紀。

在這篇小說中王安憶塑造了楊緒國的妻子任勞任怨的小媳婦形象，與李小琴形成對比，實在是她賦予了李小琴極強烈的女性意識。在《當代中國文學名作鑑賞辭典》中評說：「這部小說還被認為是王安憶富于強烈女權主義意識的體現。在這部作品中王安憶把女性的經歷作為敘事重心，特別是她敘事角度的一致——自始至終運用第三人稱寫作，完全是用理智操作完成她的製作。她的創作主體完全是傾向於女性的，她開始意識到了婦女自身價值的可貴，她對女性自身人格力量的認識是深刻的，對女性自我形象認識也是清楚的。她已不再像以往那樣猶豫徬徨，而真正發現並展示了人的生命存在的本質意義。」[79]

基於此，本文將就王安憶這篇成熟的性愛小說所呈現的女性意識做研析。

## 二、何謂「女性意識」？

女性意識有分為傳統與現代的女性意識。遠古時期，母權制尚未被父系社會所取代，兩性是平等而自由的，仍可見母系社會的遺俗；周代以後，父子軸承建立，以男性父權為中心，女性的地位開始下降；往後歷代「男尊女卑」的觀念漸之愈深，女性再也抬不起頭來。

---

[79] 陶然 常晶：《當代中國文學名作鑑賞辭典》，瀋陽：遼寧人民出版社，一九九二年八月，頁662。

　　傳統的女性意識指的是，長久以來由於父系社會掌權以及私有財產制的產生，傳統的女性在這些制度的束縛與要求下完全沒有自我，她們全然為男人而活——在家從父、出嫁從夫，夫死從子，充其量只是家庭的奴隸以及傳宗接代的工具。

　　經過長期的歷史過程的累積，男權文化將女性物化，視為其私有財產，而女性自己也在不自覺中無怨無悔、理所當然地接受這樣不公平的使命，認為其犧牲與奉獻是與生俱來的天職，這種集體無意識讓女性沒有選擇地完全服從於封建的既定的家庭秩序，認定她們是第二性，是男性的附庸，必須依靠男性而活，加以傳統的禮教規範與貞操觀念，牢牢地約制著女性的自我認知，這種社會對女性、男性對女性，甚至女性自己對女性的傳統認識，就是所謂的「傳統的女性意識」。

　　辛亥革命爆發後，女權運動隨即趁勢展開，而中國女性教育的解放，也因為該運動的鼓吹與推動，而大見效果。中國女性的生活在此時有了很大的轉變，「五四」是一個相當重要的關鍵。「五四」順應著時代潮流而來，是中國歷史上反傳統最激烈的時代，具有反封建的思想特質，而那樣一場思想啟蒙的運動，影響最深的是「女性意識」的覺醒。

　　現代的女性意識指的是，五四時期以來，女性知識份子深受「歐風美雨」的影響，當易卜生劇中的娜拉喊出「首先我是一個人，跟你一樣的一個人」時，震醒了沈睡已久的女性，她們開始自覺到自己存在的價值，她們要擺脫傳統綱常倫理、舊式禮教和習俗的束縛

以及家庭制度的壓力，要追求個性解放、人身獨立、婚姻戀愛、男女交際的自由以及兩性有同等權利的自由，以實現男女平等。

　　至於「現代女性意識」的形成，「首先是女作家明確的性別自認，即女性的自覺。在這前提下，女作家以其特有的經驗、體會關注女性生活、女性生存處境、女性命運；並以其特有的目光審視社會、過濾人生，從而對人生社會，尤其是女性生活有更多的發現、更深的理解。」[80]例如，盧隱藉著筆下的女性呼喊：「靈魂可以賣嗎？」，「去過人類應過的生活，不僅僅作為女人，還要作人，這就是我唯一的口號。」馮沅君也藉著筆下的女性呼喊：「人生原是要自由的！」，「自身可以犧牲，意志自由不可以犧牲，不得自由我寧死。」這些大聲疾呼維護女性的人格與尊嚴的聲音，解除了長期以來加諸在女性身上的桎梏和枷鎖，開啟了女性認識自身的社會價值，這就是所謂的「現代的女性意識」。

　　「五四」時期第一批與時代、社會同步崛起的女作家，其女性角色意識的覺醒，為中國女性文學首度增添亮麗的一頁；三十年代到六十年代，女性文學在中共混亂的政治與社會局勢中給銷聲匿跡，女性的自然性徵被革命給掩蓋了，所著重的只是女性的社會價值追求；文化大革命後的「新時期」，中國女性文學再度綻放光芒，女性的聲音更加震耳欲聾，女作家以其不同於男作家的生命和生存方式，要求全面的自我發展，伸張女性的權利，並從更現代的角度

---

[80] 閔惠貞：《丁玲及其作品中女性意識之研究》，台北：中國文化大學中國文學研究所博士論文，民國八十六年六月，頁2。

顯露其獨立的品格，並散發女性所具有的情感。這是現代女性意識對傳統女性意識的顛覆。

　　任一鳴在《中國女性文學的現代衍進》中為「女性意識」下定義說：「女性意識應該是女作家的主體意識之一。首先體現為女作家明確的性別自認，即女性的自覺。在這個大前提下，女作家以其特有的經驗關注女性生活、女性生存處境、女性命運；以其特有的目光觀照社會、過濾人生，從而對人生社會，尤其是女性生活有更多的發現，更深的理解。」[81]他將女性現代意識分為兩個層面：其一是以女性眼光洞悉自我，確定自身本質、生命意義及其在社會中的地位；其二是從女性立場出發審視外部世界，並對它加以富於女性生命特色的理解體驗和把握。[82]

　　女性意識源於女性特有的心理和生理的反映，女性以其獨特的眼光去體驗和感受外部世界時，有著自己獨特的方式和角度，而從不同的方式和角度，不同程度地映現出其內在的感情與外在環境對其生活經驗的影響或制約。

　　美國女權主義批評家伊蘭・修華特（Elaine Showalter）曾就「生理的」、「語言的」、「心理分析的」、「文化的」數端界定並分別女性作家和女性作品的特質，發現女作家作品有迥異於男性作家感受的文學經驗，並顯示女性特有的溫柔、細膩、感性等抒情特質[83]。正

---

[81] 任一鳴：《中國女性文學的現代衍進》，（香港：青文書屋，一九九七年六月），頁二三～二四。

[82] 前引書，頁二六。

[83] 伊蘭・修華特（Elaine Showalter）著，張小虹譯：〈荒野中的女性主義〉（台北《中外文學》第十四卷第十期，民國七十五年三月），頁七七。

因為女作家作品中有獨特的性質，這才使大家注意到女性意識的存在與價值。

陳志紅認為女性意識：「它一方面既源於女性特有的生理和心理機制，在體驗與感受外部世界時有著自己獨特的方式和角度，這實際上是一種性別意識，這時它更多地屬於自然屬性的範疇；另一方面，它又與人類社會的發展有著不可分割的關係，不同的社會歷史階段決定著女性意識發展的不同層次和不同的歷史內容。」[84]

女性在生活經驗中，共同體認到男權中心對女性的限制與剝削是不合理的，並且加以否定男性意識成為人類的當然意識中，女性所受到的種種不平等的對待。她們為求和男性受到同等的尊重，在身為人的層面上和男性有同等的價值，因此，主張女性有權自我發展，並進而付諸行動以改變社會結構中不合理的現況，爭取和男性一樣做個真正意義上的「人」的意識。

## 三、小說所呈現的性愛的女性意識

在小說中我們見到女主人公李小琴雖然對男主人公楊緒國有所求，但她卻是一直處於主動積極的地位去主宰、去牽動楊緒國的心思、行蹤和生活種種。她掌握自己的命運，決定自己要走的路。我們可以從以下四點來作分析，看看李小琴性愛的女性意識的展現。

---

[84] 陳志紅：〈走向廣闊的人生——對新時期『女性文學』的再思考〉，（北京《中國現代、當代文學研究》一九八七年五月，第五期），頁四〇。

## （一）為達目的用盡心機

就在知識青年上山下鄉時，莊裡來了三個女知青，有一個被招工走了，另一個姓楊，因為和本村人同姓，便被接納為家族成員，而毫無背景的李小琴為了上調，只好對小隊長楊緒國下手，希望他能放行。

每當楊緒國帶著婦女收工回家，李小琴就會利用同路，百般製造機會，讓楊緒國注意她、關心她。有一次，在回村的路上，李小琴故意拿一包東海煙逗弄楊緒國——

> 「餓不餓，楊緒國？」李小琴問道。
>
> 「餓了又怎樣，李小琴？」楊緒國反問。
>
> 「餓了和我說，我有果子給你吃。」她說。
>
> 「我不吃果子，我要吸煙卷。」他說。
>
> 她聽他把「煙」說成「煙卷」，鄙夷地撇了一下嘴，卻笑道：「沒有煙，哪有煙？」
>
> 他聽她這話這話，知道又一個回合開始了，心中暗喜，就問道，「剛才的呢？」
>
> 「丟了。」她簡潔地說。
>
> 「回頭找去。」說著，他真的掉轉了車頭，騎了回去。
>
> 「你瘋了，死楊緒國！」她在車後架上叫著，扭著身子，車子便一搖一搖的。
>
> ……
>
> 「給不給煙？」男的笑道。

「不給不行嗎？」女的討饒了。

「誰讓你撩我！」男的說。

「誰撩你，誰撩你！」女的不休不饒。

李小琴把煙給他說：

「怎麼謝我？」

「你說怎麼謝？」男的說，不望女的眼睛。

「你知道怎麼謝。」女的卻盯住了男的眼睛。

「不知道。」男的說，躲著女的眼睛。

「知道。」女的堅持，硬是捉住了男的眼睛。[85]

在這裡我們完全見不到傳統所謂女子三貞九烈的含蓄和衿持，有的只是一個沒有背景，只能把命運掌握在自己手裡，不願聽任別人擺佈的女子。

## （二）喚醒沈睡的肉體

禁不起李小琴的打情罵俏和強烈性暗示，有一次，他們很有默契地一起滾進了路邊的一條大乾溝。可是，此時楊緒國竟然束手無策，所有的傳宗接代的經驗全不管用了，李小琴等了許久還不見他動手，便以肢體「鼓動」著他。

他力大無窮，如困獸一般聲聲咆哮，而她白玉無瑕，堅韌異常。……她像一個初生的嬰兒一樣，天真地朝他抬起了手，

---

[85] 陳思和 楊斌華編選：《禁果難嚐》，台北：業強出版社，一九九〇年四月，頁 153～154。

　　潔白的手臂蛇一般環在他枯黑的軀體上。他戰慄著虛弱下來，喃喃地說道：「我不行了，我不行了。」她鼓勵道：「再試一次，再試一次。」他像個孩子一樣軟弱喃喃道：「我不行了，我不行了。」她像母親一般撫慰道：「再試一次，再試一次。」他蜷伏在她身體上，哀哀地哭道：「空了，全空了。」她豐盈的手臂盤住他枯枝般的頸，微微笑道：「來啊，你來啊！」……他又開始第二次的衝鋒陷陣，她則第二次沈入地底，泥土溫柔地淹過她的頸脖，要將她活埋。她的體內燃起了一座火山，岩漿找不到出口，她被火焰灼燒得無法忍耐，左右扭動著，緊緊地拖住他的身體，將他一起墮入深淵。他已經失去意志，無力地喘息，被她拖來拖去。[86]

　　「女主角一時竟成了男人眼裡的英雄，她正以一股無窮的力量向男性世界證明著女人的偉大魅力和勇敢。」[87]的確，是李小琴讓楊緒國整個人又重新活了起來。

　　之後，楊緒國常常找藉口調李小琴的室友公差，好讓他能溜進李小琴的房間和她纏綿。

　　透過李小琴所給予的性愛經驗，楊緒國得到了前所未有的滿足和歡愉，所以，當李小琴幾近鄙視的玩笑戲謔說他：是男人嗎？娶過媳婦嗎？孩子是別人替你生的吧？楊緒國這樣一個大男人便絕望

---

[86] 同前註，頁157。
[87] 同註一。

地在她面前哭了起來，他害羞不已，卻也無話說，不過，被李小琴一激，反而振振有詞地說：「我就像一眼好井，淘空了，又會蓄滿的！」

在這裡我們見到李小琴正視暗流中的女性情慾以及自主於情慾的解放，也見到了她掌握著下意識活動和情慾對人的主宰作用，去駕馭雙方的肉體，操控萬般慾念，完全不從道德教條去看性，她對於性的坦然，可以說是對於男性的控制提出反抗。她認真地傾聽自我的對性的感受，把女性的身體從被男性的控制中解放出來，這實在是一個了不起的突破，充滿著對傳統性別角色扮演的顛覆。

### （三）遇事勇敢有擔當

相較於楊緒國這樣一個大男人，遇到事情，李小琴反而比他更具有擔當的道德勇氣。舉例來說：當上頭體諒楊緒國是初犯，革了他的黨員和幹部放他回家後，楊緒國並沒有回家看妻兒，反而是到處打聽李小琴的下落，當他捨生忘死地找到李小琴後，對她訴說對他的思念和掛心。這哭泣的兩個人在互相埋怨的情話中，又再度陷溺於性愛中。

在一個雨天，他們躺在床上，隨著廣播流洩出來的音樂做愛。當他們喘息著小憩時，聽見廣播播送一條新聞：縣裡開了公審大會，有三個罪犯遭了槍決，罪行均是姦污下鄉的學生。她見他面如死灰，喊著說他犯的是死罪，要去自首，要去投案，求他們饒他一條狗命。她氣得罵他「窩囊廢」，又惡毒地嚇唬他：「吉普車來了！銬子來了！槍來了！」

身體的接觸又使他們燃起了希望。他們緩緩的，掙扎地動起手來。他們緊緊地摟著，十個指頭深深陷進對方的肉裡。

「我害怕呀！」他啜泣著說。

「我和你一起去死！」她也啜泣地說。

「我想活啊！」他說。

「我和你一起活。」她說。[88]

男人在性愛面前總容易迷失；女人則是較為冷靜清醒，她們較男人清楚這個屬於人的內在的問題，是要以更嚴肅的態度面對的。

## （四）在「性愛」中成長

其實在這場兩性的性愛競爭中最大的贏家是李小琴，她原本以「性」來作為達到目的的手段，雖然目的未能達成，但多少帶給她一些教訓，且不管楊緒國對她是因性而愛或是因性而性，畢竟他們都在性愛中獲得了成長，我們見到他們開始時是各具心機的——李小琴使出了渾身解數，時時憂慮弄巧成拙；楊緒國則在接受試探中擔心：吃不著羊肉，反惹一身腥。

另外，關於他們的成長還可以從這篇小說的第一次和最後一次的歡愛描寫中找到答案。在第一次時，李小琴是積極主動地帶領著楊緒國；而發展到最後，楊緒國則在李小琴的「調教」下，由被動轉為主動。以下是小說中最後一次歡愛的一幕——

---

[88] 同註七，頁 225～226。

他笑了，將她抱起來放倒，兩人很長久地吻著，撫摸著，使之每一寸身體都無比地活躍起來，精力飽滿，靈敏無比。他們互相摸索著，探詢著，各自都有無窮的秘密和好奇。激情如同潮水一般有節奏地在他們體內激蕩，他們雙方的節奏正好合拍，真正是天衣無縫。他們從來不會有錯了節拍的時候，他們無須努力與用心，便可到達和諧統一的境界。激情持續得是那樣長久，永不衰退，永遠一浪高過一浪。他們就像兩個從不失守的弄潮兒，盡情盡心地嬉浪。他們從容而不懈，如歌般推向高潮。在那洶湧澎湃的一剎那間，他們開創了一個極樂的世紀。[89]

站在女性主義的立場來看，表面上是楊緒國利用了李小琴，其實，李小琴不也同樣利用了楊緒國。李小琴在楊緒國身上得到了一種對男人的「征服」──「她的身子千變萬化詭計多端，或者曲意奉承，或者橫行逆馳，忽是神出鬼沒，忽是坦誠無遺，他止不住地嘆道：多聰明的身子啊！」[90]同時她也在楊緒國身上獲得了「滿足」──「她又驚又喜地任憑他擺布，心裡想著：他這就像換了一個人似的，真如猛虎下山啊！」[91]在他們的性愛聯系中，李小琴總是能夠在每一次做愛中得到新的性趣。所以，他們可說是一個願打，一個願捱，各取所需，誰也不欠誰。

---

[89] 同註七，頁 232～233。
[90] 同註七，頁 206。
[91] 同註七，頁 206。

再者，他們從相遇到相交，原本就是有目的的，你情我願地各取所需，迂迴曲折之後，他們才發現快樂生命的力量來源，以及它真正的意義和價值所在。我們不可否認當初他們的接觸是「因性而性」的，但兩人的關係，發展到最後卻是「因性而愛」，我們可從小說裡的一個小細節看出──

小說起頭描述楊緒國在受到李小琴的強烈暗示和挑逗下，兩人對望，距離近得可以感覺到對方的呼息，這時：

> 他想：這女人吃的什麼糧，怎麼滿口的香啊！
> 她卻想：這男人大約是不刷牙，真難聞！[92]

請注意，在這裡作者用的是「想」這個字；到了小說結尾，雙方的情結有了新的改變，兩人面對對方則是「有話直說」，在楊緒國要離開前，他看著李小琴潔白無瑕的身體，讚嘆道：

> 「你真好看，妮子！」
> 「這樣好看的身子，怎麼來的呢？我就不明白了，妮子！」[93]
> 而李小琴面對楊緒國脫衣服時，露出一根一根的肋骨，兩條又瘦又長的腿，錐子似的扎在地裡，她則說：
> 「你好醜啊！」她無可奈何地說，然後又安慰道：「不中看可中用。」[94]

---

[92] 同註七，頁154。
[93] 同註七，頁232。
[94] 同註七，頁232。

　　這是兩性在交往過程中的正常進展，當男女雙方還在摸索階段，總是將自己最好的一面呈現，對對方有什麼意見或看法，往往總是放在心上；直到和雙方熟到能夠互揭瘡疤，暢所欲言地表達己見，那表示他們的關係又更進了一層。

　　此外，要提出說明的是，大陸學者戴翊在《新時期的上海小說》中評論說：「王安憶寫〈崗上的世紀〉似乎有意識地把情與慾對立起來，在對主人公的性衝動和性結合的描寫中造成了靈與肉的割裂與衝突。男女主人公的性結合固然是如火如荼、捨生忘死，可當他們不處於性狀態時，彼此的情感卻是對立甚至是仇恨的，他們的性結合竟然是建築在仇恨的沙土上。」[95]戴翊覺得十分不可思議。他舉例說：李小琴出賣貞操給楊緒國，但楊緒國並未履約，李小琴憤怒地告到五七辦公室，她既是對他恨得咬牙切齒，但當他來找她，卻又和他熱情地做愛。

　　筆者認為戴翊的說法有欠妥當。其實針對當時他們的性行為，是不難理解的。分為以下五點提出說明：

　　一、當李小琴得知她沒能上調時，她跑到楊緒國家門口大吵大鬧，楊緒國不敢出來面對她，她向楊緒國的父親揚言要告發楊緒國姦污女知青。楊緒國的父親要媳婦帶著兩個孩子向她下跪，請她可憐他們母子高抬貴手放過楊緒國。可是她經過猶豫掙扎還是去告發了他：有錢有勢，

---

[95] 戴翊：《新時期的上海小說》，上海：社會科學院出版社，一九九二年六月，頁 65。

糟蹋女學生。此時，她心中的怨氣，已得到發洩；後來面對四處找尋她的楊緒國，她親口告訴他，她去告發他，他卻對她沒有絲毫的怨言；這時，想必李小琴的心又有點軟化了。

二、人在絕望無助時，有時會希望利用「性」的發洩來求得暫時的解脫，此時，男女主人公正是處於這樣的狀態者，小說前面就已提過「自從他們暗底下往來，她的身子就好像睡醒了……她的血液流動，就好像在唱歌」[96]因此，可以肯定她也是享受著那性愛的魚水之歡的。

三、所以，尤其對於這一次楊緒國的第一次主動出擊──耐不住性子地用手把她的衣服扯著撕開；強而有力的把她壓倒──她根本不想作任何抵抗，反而是驚喜地任憑他擺佈。小說描述說：她看見「他猶如一條大魚在歡暢而神奇地游動。她頃刻間化作了一條小小的鰻魚，與他嬉耍起來。她是那樣無憂無慮，似乎從來不曾發生過什麼，將來也不會再發生什麼。她的生命變成了沒有過去也沒有將來的一個瞬間。我寧願死！她高叫道，被他挾裹了，帶往不明白的地方。」[97]

四、除了給人帶來愉悅，還包含著情感的肯定。當然小說中的女主人公起初對「性」是建築在利益交換之上，但是，我們不要忽略了女性其實一意追求的是靈肉一致的戀

---

[96] 同註七，頁 175。
[97] 同註七，頁 207。

情，也許女主人公在潛意識裡以為只圖肉慾的滿足，其實她的性愛更多是屬於靈魂的，因為女性在面對性愛時，其實承受的比男人要來得多，因此，她的慾望是蘊含著「情」的。

五、他們兩個大概也意識到這也許是在楊緒國被抓走前的最後一次歡愛了。他們既是能在性愛中找到快樂，當然不太可能錯過這個機會，而且相信這時他們的性關係已加入了一些感情成分，而不僅僅是前面純粹的有利害關係的性愛了。

因此，基於以上五點的分析，戴翊所說的「在作者心目中，人的情與慾可以如此絕對地衝突，靈與肉可以如此地割裂，從而完全破壞了性描寫中應該產生的美感，而只使人感覺到癲狂和噁心。」[98]這段話說得可能過於決斷。作者在進行描寫時，實在也是顧及到了情慾與靈肉的協調，並非僅僅專注於愛情的肉慾部分，可能戴翊並未能看出作者所要展現的全面，而且，筆者認為有時人在性愛中才能完全放開，見到真正的自己，作者在刻劃小說人物時，應該也是考慮到了這一點。

人不可能不受本能的牽制，性是人的本能需要之一，是屬於低層次的本能慾望，但是，人的本質可以決定是否能夠超越低層次的本能慾望，而實現高層次的自我價值實現。王安憶認為，愛情乃是「一種人性發揮的舞台」，「人性的很多奧妙可以在這裡得到解釋」。

---

[98] 同註一七，頁 65～66。

因此，作為一個整體的文學，在其藝術殿堂裡「應該有性的一席之地」。所以，她從生命本體價值的高度上來看待「性」，以審美意識來描寫「性」。[99]這篇小說透過小說人物低層次的性需求，到後來從性愛中昇華，感悟到生命的意義與美好，也算是張揚了人性和生命力。

新時期的另一個女作家張抗抗曾提過女性文學有一個重要的內涵，就是：「不能忽略或無視女性的性心理，如果女性文學不敢正視或涉及這點，就說明社會尚未具備『女性文學』產生的客觀條件，女作家未認識到女性性心理在美學和人文藝意義上的價值。假若女作家不能徹底拋棄封建倫理觀念殘留於意識中的『性』＝『醜』說，我們便永遠無法走出女人在高喊解放的同時又緊閉閨門，追求愛情卻否認性愛的怪圈。」[100]經由以上對〈崗上的世紀〉的研析，我們可透過這段話，肯定王安憶在小說中，對於性愛描寫的觀念的進步。

## 四、王安憶小說人物的形成背景

王安憶的童年正值「左」傾思潮濫觴時期，因為劇作家父親的耿直口快，又加上僑居海外的背景，一九五七年被打成了「右」派，受到相當嚴重的處分；小學五年級的王安憶，開始經歷「文化大革命」政治動亂，但是，在那樣混亂的年代裡，王安憶的母親——也就是著名的女作家茹志鵑，她寧可「自己肩著重閘」，讓孩子們「在

---

[99] 呂晴飛主編：《當代青年女作家評傳》，河北：中國婦女出版社，一九九〇年六月，頁 91。

[100] 張兵娟：〈論新時期女性文學創作中女性意識的演變〉，北京《中國現代、當代文學研究》，一九九七年，第二期，頁 36。

閨下遊戲」，送給了王安憶「一些看不見、摸不著的東西」──一種感情的陶冶和精神的鼓舞。[101]在當時無學可上的情形下，母親為保女兒的心靈不受外界動亂的污染，傾其所有為女兒買了一架舊手風琴，讓王安憶和姊姊能安心的待在家裡看書、練琴。儘管，後來，十六歲時，王安憶含淚離開了已經成為「牛鬼蛇神」和「文藝黑線的金字招牌」的母親，到安徽五河縣農村插隊，經歷了艱辛的歲月，但她的心靈仍有一塊淨地被完整地保存了下來。也許正因為是這樣的因緣，所以，王安憶在她初出茅廬的作品中所刻劃的雯雯，仍保有赤子的情懷，一點也不受外界世俗的現實感染。

王安憶受到她作家母親茹志鵑的影響很深，她說：「媽媽對我的文學影響既是自覺的又是不自覺的。我的文學修養是靠一種文學氛圍的長期薰陶。小時候，媽媽讓我背唐詩，李白的、杜甫的，寫下來貼在床頭。我也常在大人的書櫥裡翻些書看。大人聚客，他們在一塊談論文藝創作的事，天長日久我也就耳濡目染地受了影響。」[102]

她和母親一樣正式受教育的時間很短，茹志鵑是因為出身於貧困的家庭，王安憶則是因為文革，可她們全靠艱苦自修，學習和摸索來成就自己的寫作事業。

王安憶曾表示：文化大革命使她更多地體驗了生活，也給了她一個獨立思考的機會。正是由於這些體驗和思考，她決定提起她的筆來。而她認為文學最為必要的素質，就是體驗和思考。她認為文學應該啟迪人心。

---

[101] 同註二〇，頁 75。

[102] 謝海泉：〈"我喜歡把筆觸伸進人的心靈"──訪青年女作家王安憶〉，哈爾濱《小說林》，一九八三年二月，第十七期，頁 71～72。

王安憶在《這七顛八倒的世界》中提到：「十年的文化大革命，是我生命中的十二歲到二十歲。我從一個不懂事的孩子長成了一個懂了點事的大人。這十年裡，我沒有受教育……連張初中畢業的證書也沒有，應該懂的一概不懂。不該懂的，懂了不少：我在馬路上拾過傳單，寫過老師的大字報，上街讀過大批判的刊物，參加過鬥爭會，喊過"打倒×××"，看過抄家，插過隊，看到過農民要飯，看到過幹部貪污，為了招工給幹部送禮……我經驗著這十年的罪惡和痛苦長大成人了。可以無視和否定這十年裡的一切。可是，我的長成，是不容否定和蔑視的。在這是非顛倒、黑白混淆的年代，我們不得已地學會了用腦袋思考。」[103]

王安憶在一次愛荷華「國際寫作計劃」的發言稿中說，「無產階級文化大革命」給予她那個世代的年輕人的重大的影響。他們受了傷害，變得忿怒、灰心、感傷……。但是一點一滴地，他們勝過了個人的傷痕和悲哀。他們終於站起來，更嚴肅認真地思考、寫作和生活。[104]

## 五、結語

大陸作家在寫作時分寸要拿捏得很好，才不會惹禍上身，如果從這一角度來看，作者可能是要控訴文革時期幹部們對知青的欺壓，有意要暴露他們的貪財好色，但是，正因為作家無法直言不諱，

---

[103] 二十所高等院校《中國當代文學作品選評》，河北：河北人民出版社，一九八五年十二月，頁 617～618。

[104] 陳映真：〈想起王安憶〉，台北《文季》，第二卷第三期，頁 10。

所以，作者要透過性愛的描寫來作偽裝。如果，從這個角度切入，再加上王安憶創作的成長背景來看，就內容而言，作者也有可能是要以性愛為掩護，來暗寫幹部的腐化以及對百姓的欺壓，若就這個主題而言，那又是值得研究的另一個側面。

　　傳統的女性被性的禁令緊緊綑綁，壓迫女性的封建社會文化結構，安排了她們的位置，那時她們的生命只是生物學意義上的──男人的性對象和傳宗接代的工具。隨著近代社會思想運動的啟蒙，揭示了女性命運的獨特性，女性發現了自己生命本體的意義，有了現代性愛意識的覺醒，有了精神與肉體一致的渴望。當然我們並不排除「五四」小說中的女性在面對性愛交纏時，對於掌握身體自主權時，仍有些迷惘。但隨著時代的邅變，新時期小說中的女性對自己有了成熟的認識，所以她們有勇氣和能力通過性愛的視角去審視自己的靈魂和肉體，她們以其自尊自衛的天性和精神上的自信與氣度，打破了過去兩性性愛關係中，男性成功地駕馭和控制女性的舊有觀念，這無疑是繼「五四」以來，對扼殺女性性愛自由的一個更大的反動，代表著女性已開始意識到自己的性需要並非罪惡，她們在靈與肉的搏擊中，正視這份來自生命深處的原始衝動，並肯定其合理性，進而提升自己。她們明白兩性關係既是人生中無往不在且無法避免的基本現象，那麼就必須學習在衝動強烈的肉體愛和深厚持久的精神愛兩者之間尋求中庸之點。在這個不再囿於刻板禮教守忠，而著重於追求個人性愛意識自由的年代中，我們的確見識到了女性的成長。

　　王安憶充分發揮了自己身為女性作家的優勢，隨著其女性意識的逐漸萌醒與發展，為她筆下的女性，追求與提升其自身價值，做出了貢獻。在這篇呈現性愛的女性意識的小說中，我們見到女性除了解開傳統迂腐八股的重荷，爭取身體的自主權外，並努力實現兩性價值的對等，這一點是相當值得肯定的。

（原載於中國文化大學中文研究所：《研究生論文發表會論文集》
　　　　　　　　　　　　　第十二期，二〇〇一年五月）

# 池　莉

（一九五七～）

　　池莉的父親是中國共產黨的基層幹部，母親是醫生。她在機關宿舍長大，常常從父母所帶回來的報刊雜誌和文學書籍中獲取不少知識。文化大革命侵襲了她十來歲的心靈，隨著父親被打成了「走資派」，她的生活起了變化。

　　在「文革」中的池莉也曾下鄉務農，當過小學教師，也當過護士。這個來自武漢的女作家曾說：「武漢市是一個非常有意思的城市，我常常樂於在這個背景上建立我的想像空間。」[1]所以，她的小說被文學評論界評為「漢味小說」[2]從一九八二年發表第一篇引起關注的小說〈月兒好〉，到一九八七年的成名作〈煩惱人生〉，這期間因為一場大病，讓池莉停止了創作，就在死而復生的同時，她在最艱難的狀況下，取得了武漢大學中文系的學位，這種「脫胎換骨」的感覺，讓她覺得自己「從雲朵錦繡的半空中踏踏實實地踩到了地面上」[3]。因為這樣難得的特殊經歷，造就了池莉小說獨特的色彩與表現手法。

---

[1]　池莉：《一冬無雪／池莉文集２》，江蘇：江蘇文藝出版社，一九九九年四月，頁２。

[2]　同前註。

[3]　於可訓：〈池莉的創作及其文化特色〉，北京《中國現代、當代文學研究》，

　　也許就是因為那樣「踏踏實實地踩到了地面上」，池莉經常強調的是寫實，自稱「不篡改現實」所做的「是拼板工作，而不是剪輯，不動剪刀，不添油加醋」[4]──「我的好些小說寫得實實在在，但它卻起源於從前某一次浪漫空靈的撞擊。凡是震撼過我的任何一個人，一件事，一段河流，一片山川，我都無法忘記。它們像小溪一樣伴隨著我的生命流淌，在流淌的過程中豐厚著，演變著，有一天就成了一篇或幾篇小說。」[5]

　　以〈太陽出世〉為例，是池莉在當實習醫生時經歷了十二小時的接生工作，一個小生命終於降臨，所記錄下來的心情；當時池莉的心情是：「護士推走了幸福的產婦，我來到陽台上，深深呼吸著清晨的空氣。我一身血污一身臭汗，疲憊不堪。突然，我看見了太陽。東方正好是一片園林，新生的太陽正在燦爛的雲霞裡冉冉上昇。我的淚水再也忍不住滾了下來。初次接出一個新生命的強烈感受與這太陽出世的景象不知怎麼就契合在一塊兒，自己被感動得不行。」[6]

　　在池莉〈怎麼愛你也不夠──獻給我的女兒〉的這篇散文中，池莉真實地記錄了她自己在妊娠時的種種──享受丈夫細心的呵護；噁心嘔吐的痛苦；憂心孩子出世後沒人帶，請保姆帶又沒有房子、沒有錢；買不起小孩昂貴的衣物，便找出破舊的棉衣褲，做成

---

　　一九九六年十月，第十期，頁 120。

[4]　唐師翼明：《大陸「新寫實小說」》，台北：東大圖書股份有限公司，民國八十五年九月，頁 95。

[5]　同註三。

[6]　同註三，頁 121。

一塊塊的尿布；買絨面棉布親自為小孩做衣服、鞋襪——這些情緒和細節都一一出現在〈太陽出世〉中。

　　年輕的池莉曾經「和一群女同學成為激烈的女權主義者，經常聚會，慷慨激昂，甚至指責蒼天不公，為什麼不讓男人懷孕生小孩？」[7]但是不久，母性意識在她心中醞釀——「要事業做甚？要名利做甚？要江山做甚？——如果身為女人卻做不了孕婦生不了孩子，那豈不白做了一場女人！」[8]

　　池莉是八十年代崛起的新寫實小說作家，在她的婚戀小說中，我們見到了當時的社會現象——結婚的風俗、與公婆同住、一胎化、居住、工作升遷的諸多問題，她用她通俗的語言，以其小說特色，提示了讀者不少值得認真思考的問題。

---

[7]　池莉：《真實的日子／池莉文集4》，江蘇：江蘇文藝出版社，一九九九年四月，頁255。
[8]　同前註。

# 看大陸作家池莉為「灰色」的新寫實小說換裝

　　池莉（一九五七～～）的父親是中國共產黨的基層幹部，母親是醫生。她在機關宿舍長大，常常從父母所帶回來的報刊雜誌和文學書籍中獲取不少知識。文化大革命侵襲了她十來歲的心靈，隨著父親被打成了「走資派」，她的生活起了變化。

　　在「文革」中也曾下鄉務農，當過小學教師，也當過護士。這個來自武漢的女作家曾說：「武漢市是一個非常有意思的城市，我常常樂於在這個背景上建立我的想像空間。」[9]所以，她的小說被文學評論界評為「漢味小說」[10]。從一九八二年發表第一篇引起關注的小說〈月兒好〉，到一九八七年的成名作〈煩惱人生〉，這期間因為一場大病，讓池莉停止了創作，就在死而復生的同時，她在最艱難的狀況下，取得了武漢大學中文系的學位，這種「脫胎換骨」的感覺，讓她覺得自己「從雲朵錦繡的半空中踏踏實實地踩到了地面上」[11]。因為這樣難得的特殊經歷，造就了池莉小說獨特的色彩與表現手法。

---

[9]　池莉：《一冬無雪/池莉文集 2》，江蘇：江蘇文藝出版社，一九九九年四月，頁 2。

[10]　同前註

[11]　於可訓：〈池莉的創作及其文化特色〉，《中國現代、當代文學研究》第十期，一九九六年十月，頁 120。

　　大陸著名的評論家張韌曾提出：「新寫實小說在取材和主題方面有一個共同性的現象，它往往從飲食男女即『食色，性也』（《禮記・禮運》）來展露人之生存狀態，卻常常迴避或消解了人生社會的主題……充塞著小市民意識。……新時期有些小說從細節和情節寫了飲食男女，但將人之生存內容又往往歸結為飲食男女；凸顯了性、本能、生命慾望的自然屬性，卻疏淡了社會時代和人生內涵。」[12]針對張韌的這個說法，我們試舉〈不談愛情〉這篇小說來加以研析，首先先來看看這篇小說的故事內容。

　　吉玲和醫師莊建非因為家世背景懸殊，結婚後，得不到婆家的認同，加上婚後莊建非漸而冷淡，在一次爭吵後，吉玲回娘家。吉玲不願和莊建非回家。此時，醫院提供到美國觀摩手術的名額，必須是家庭穩定者，才有可能被選中。吉玲懷孕了，她要利用這個時機，肯定她的地位。她提出離婚。婆家為了莊建非的前途，最終還是妥協了，親自上娘家登門謝罪。

　　池莉的這篇題為〈不談愛情〉的愛情小說，具有上述的前一種現象，卻迴避了後一種現象。

　　我們先從那位出身於知識份子家庭的莊建非說起，莊建非從小就是個優等生，但他的缺陷在不為人所見的陰暗處——長期的自慰，讓他有很深的罪惡感。婚後，在一次和吉玲爭吵後，他冷靜找出自己結婚的根本原因，就是：性慾，他「一直克制著對女性的渴念，忍饑挨餓挑選到二十九歲半才和吉玲結婚，現在看來二十九歲

---

[12]　張韌：《新時期文學現象》，北京：文化藝術出版社，頁 110～111。

半辦事也不牢靠。問題在於他處於忍饑挨餓狀態。這種狀態總會使人饑不擇食的。」[13]

婚前，莊建非和另一所醫院的醫生──梅瑩，在學術會議上認識，這個年紀大得可以當莊建非的母親的韻味十足的女人，和莊建非在性事上相互得到了滿足。莊建非說要和她結婚；梅瑩說她在等到美國講學的丈夫和唸書的兒子回家，她送走了眼中的孩子，叫莊建非不要再來了。

從這一點我們更可以確定莊建非的因「性」而「婚」的錯誤觀念。作者確實「凸顯了性、本能、生命慾望的自然屬性」，但她卻沒有「疏淡了社會時代和人生內涵」，我們可以從吉玲身上來證實這一點。

吉玲──這個生長於漢口有名的瀰漫破落風騷花樓街的女孩，立志靠自己找尋幸福，她調換了幾次工作，最後在充滿知識的新華書店找到位置，父母和鄰居因她而感到驕傲。至於對象，她不像四個姐姐隨便找個普通人，她「說什麼也要衝出去。她的家將是一個具有現代文明，像外國影片中的那種漂亮整潔的家。她要堅定不移地努力奮鬥。」[14]

在淘汰了六個男孩後，吉玲選中了家世背景都不錯的郭進，可惜他個子矮了些，吉玲想到若和郭進確定後，一輩子就和高跟鞋無緣，那真是終生遺憾。就在要答覆郭進的最後一天期限，莊建非出現了。他們在武漢大學的櫻花樹下擦撞而識。

---

[13] 同註一，頁 61。
[14] 同註一，頁 67。

　　莊建非並不計較什麼家庭層次，他覺得吉玲比起王珞這個高級知識家庭的女孩樸實可愛多了。

　　一天，莊建非突襲吉玲的家。那是吉玲的母親唯一不打牌的一天，所有的女兒女婿都會回來，所以，母親會有乾淨的打扮。莊建非對於他們全家人的熱絡招待感到溫暖；吉玲也對全家人沒有露出「原貌」感到滿意。

　　穿著漸而暴露的吉玲耐心等待著莊建非家人的邀請，在這之前，她是堅決把持最後一道防線的。莊家對知識結構太低的吉玲當然是不滿意的。

　　吉玲抽泣著對莊建非提出分手——「為你。為我。也為我們兩家的父母。將來我不幸福也還說得過去，我本來就貧賤。可我不願意看到你不幸福，你是應該得到一切的。」「我怎麼能恨你父母？他們畢竟生了你養了你。」[15]就因為這幾句話，莊建非決定馬上和吉玲結婚。

　　醫院支持自由戀愛，提供了單身宿舍。莊建非的父母一直保持沈默，後來，經人調解，莊建非的妹妹送來一千元的存款單。

　　婚後，莊建非的性慾得到了名正言順的滿足，卻忽略了吉玲精神上的需要，他關心任何一場球賽勝過她。吵架那天清晨，幾乎可以確定自己懷孕的吉玲想給莊建非一個意外的驚喜。她留了晨尿，準備送醫院化驗，她故意把瓶子放在莊建非拿手紙的附近。莊建非從廁所出來後滿臉喜色，說今天是個好日子，晚上要好好高興高興。

---

[15] 同註一，頁 77。

晚上他回家，吉玲才發現原來他是為了尤伯盃女子羽毛球賽而欣喜。冰凍三尺，非一日之寒，吉玲有了「離婚」的導火線。

　　但是，小說並沒有以「灰色」作結，因為，作者塑造了吉玲這樣一個懂得在逆境中爭取幸福的女孩。

　　我們可以從小說的兩個地方，看出作者所要呈現的「人生內涵」。作者把吉玲塑造成一個有目標、有理想的女子，她早就為自己做好了人生設計──

> 她設計弄一份比較合意的工作，好好地幹活，討領導和同事們喜歡，爭取多拿點獎金。
>
> 她設計找個社會地位較高的丈夫，你恩我愛，生個兒子，兩人一心一意過日子。
>
> 她設計節假日和星期天輪番去兩邊的父母家，與兩邊的父母都親親熱熱，共享天倫之樂。[16]

　　吉玲懷著積極的意識，在天時地利人和的情況下，終於爭取到她所要的生活。而經歷了這樣一場婚姻危機，相信他們夫妻二人更加認識了自己與對方，更能珍視屬於他們的那一份實實在在的真感情。

　　另外一處「人生內涵」的呈現，是作者在小說中所說的：「婚姻不是個人的，是大家的。你不可能獨立自主，不可以粗心大意。你不滲透別人別人要滲透你。婚姻不是單純性的意思，遠遠不是。妻

---

[16] 同註一，頁 93。

子也不只是性的對象，而是過日子的伴侶。過日子你就要負起丈夫的職責，注意妻子的喜怒哀樂，關懷她，遷就她，接受周圍所有人的注視。與她攙攙扶扶，磕磕絆絆走向人生的終點。」[17]我們可以想見莊建非在這次事件中的成長。

人類兩性的結合之所以不同於其他動物，就是因為他們有著崇高的情操，他們能夠去學著理解：婚姻生活除了愛情，還有道義；除了肉慾，還有靈魂。

還有另一個佐證是——池莉對於其「漢味」小說的經營，唐師翼明認為：「其用心當然不是一般地使作品帶有地方色彩，而是因為此類武漢人的那種粗俗、瑣碎的生命形態對於她研究和展示普通人的生存本相，探討生存的價值和意義的目的是非常適合的。」[18]由此可證，池莉善於透過市井百姓日常生活細膩真實的呈現，讓讀者瞭解到他們的生存環境，而沒有「迴避或消解了人生社會的主題」，反而對生存的價值和意義多有探討。

因而可以想見，池莉常常是用美好的眼光看世界的。像〈月兒好〉裡的月好，並沒有因為人生旅途的坎坷而失志。她迎接乘船回鄉的尚賓，十九年前她送他去復旦大學念書，後來，他變了心，十九年來，他的工作和生活都不順心，長久以來他對月好懷著愧疚，也擔心她和他一樣過得不好；誰知完全相反，月好不但沒有失志消沈，反而工作與生活都很順利，身為幼稚園園長的她，教育出兩個

---

[17] 同註一，頁 107。
[18] 轉引自唐師翼明：《大陸「新寫實小說」》，台北：東大圖書公司，一九九六年九月，頁 95。

懂事的雙胞胎兒子，他們立志要實現母親的願望——考上復旦大學。尚賓默默離去，他也受到了月好的感染，精神為之一振，重新鼓起面對生活的勇氣。

唐師翼明在評介池莉的〈太陽出世〉時說：「『新寫實小說』一般給人以低調、冷色、較沈重、壓抑之感，而這篇作品則不然，僅就題目而言，〈太陽出世〉和〈一地雞毛〉相比，就是兩個不同境界。總體上說，池莉雖然也以人生的煩惱、窘困和無奈為主題，卻也很注重在展示生活本相時，讓生活自身顯示生存的價值和意義，表現出一種對現實人生的執著和親和的傾向。〈太陽出世〉的積極態度正是這種傾向的合乎邏輯的發展。」[19]

因此，我們可以說池莉的作品，不但展現了讀者所關注的現實生活，表現人物在生存困境中的種種無奈情緒，同時也沒有忘記注入積極的自強意識。這可能是池莉不同於其他新寫實作家的特點之一。

（原載於《國文天地》，二〇〇一年十二月，十七卷第七期）。

---

[19] 同前註，頁 93~94。

# 從現實處境看五四時期女性婚戀小說中的女性

## 壹、前言

中國女性文學女性意識的第一次覺醒是在五四時期，外在的大環境牽動著女作家的意識流轉。因此，該時期的政治、經濟與社會的發展，對女性當時所扮演的角色有著相當重要的影響。

愛情的描寫，向來是文學中人性表現的一個重要內容，五四時期的女性小說以婚姻戀愛的主題出發，集中體現女性對愛情的不同於男性的敏感，此是最能展現其處境的，當然其中也多少顯現了女性小說家對男性中心社會種種不合理情況的不滿反映。

本文從女性的立場出發，透過女性小說家的婚姻、戀愛小說來探討在接受西方新思潮影響的五四時期，從現實處境來檢視小說中女性在婚姻與愛情上所遭遇的問題。期待經由本文的研析能呈現：在五四時期那樣一個疾呼衝決封建藩籬的尋求解放時期裡，身為第一代可以把女性意識提示出來的女性，在面對婚姻與愛情的處理態度。

五四時期，女性第一次意識到自己所處的非人的地位，她們開始要求教育自由、婚姻自主、社交公開，並希望藉由謀生能力在工作上與男性平起平坐，被壓抑的個性得以擴張，這在五四時期的女性小說中以婚戀的題材，展現了女性的處境。

## 貳、從現實處境看

本文將從該時期的現實處境看女作家婚戀小說中的女性，透過女性所身處的環境，我們可以見到女性意識的文明進程、歷史的變遷以及現實社會的情狀。

### 一、接受教育洗禮的女性

身為現今二十一世紀的女性，的確很難想像在當時要到學校受教育是多麼地不容易。冰心〈是誰斷送了你〉裡的怡萱生於保守的舊式家庭，好不容易在叔叔的鼓吹下，父親才答應讓她去唸書，但父親說他看不慣那些浮囂輕狂的女學生，叫她不能學她們高談自由解放，而道德墮落，名譽掃地。她記取父親的教訓，在學校沒有別的，只有優異的成績表現。

誰知有一天，她接到愛慕者的信，心想若是父親接到這封信，以為她在外面胡來，她不但斷了求學之路，連性命也難保。十幾天後，終於父親收到了男同學開玩笑的相約的信，父親的憤怒，讓害怕的她有口難言。不久便結束生命，以表清白。

看完這篇小說，我們在一面嘆息於女主人公的愚昧的同時，也從另一個角度見到了女性渴望上學求知的強烈慾望。

長久以來「女子無才便是德」的錯誤觀念一直深植民心，傳統的婦女因為沒有機會接受教育，思想封閉，沒有自己的想法；她們無法發掘所長，在沒有一技之長的情況下，當然也無法從事生產，自然經濟就不能自主，一切都要寄生於男人，出嫁前，父親代表著

權威；出嫁後，丈夫成了她的天；丈夫死後，兒子又成了她的寄託，在男系社會權威的控制下，身為從屬地位的女子是卑賤的。

鴉片戰爭以後，西風東漸，有些人開始意識到中國各方面的落後，與婦女的不受教育有直接或間接的關係。清如在〈論女學〉一文中開頭就說：「女學興廢，綜其關繫大要，約有五端：一曰體質之強弱，二曰德性之賢否，三曰家之盛衰，四曰國之存亡，五曰種族之勝敗。」[1]梁啟超先生更是語重心長地說：「推極天下積弱之本，則必自婦人不學始。」[2]這兩段話確實言之有理。女性人口佔了全國總人口的半數，怎可等閒看待！

自光緒二十年，甲午戰爭之後，才有興辦女子學校的運動；江蘇金一的《女界鐘》，在光緒二十九年出版，是一部鼓吹女權與革命的書，書中極力宣傳女子應受教育及其受教育的重要性，他列舉教育女子的宗旨有八——

一、教成高尚純潔，完全天賦之人。

二、教成擺脫壓制，自由自在之人。

三、教成思想發達，具有男性之人。

四、教成改造風氣，女界先覺之人。

五、教成體質強壯，誕育健兒之人。

六、教成德性純粹，模範國民之人。

七、教成熱心公德，悲憫眾生之人。

---

[1]　李又寧、張玉法：《近代中國女權運動史料（1984～1911）》（台北：傳記文學出版社，民國六十四年十月），頁五五六。

[2]　前引書，頁五四九。

八、教成堅貞節烈，提倡革命之人。[3]

辛亥革命爆發後，女權運動隨即趁勢展開，而中國女性教育的解放，也因為該運動的鼓吹與推動，而大見效果。中國女性的生活在此時有了很大的轉變，而「五四」是一個相當重大的關鍵。

受到「五四」思潮的影響，女作家筆下出現了接受教育洗禮，而正視自我存在價值意義的女性，蘇雪林《棘心》裡的杜醒秋十五歲起就離家到省城讀書，為了實現長久以來的夢想，她瞞著母親到法國留學，又在那裡接受歐風美雨的洗禮。

教育的重要性，我們可以從冰心〈兩個家庭〉中兩個家庭的對比找到答案。小說刻劃受過教育的亞茜與未受過教育的陳太太，因為不同的理家方式，對其丈夫和小孩的深遠影響。

以下將從兩位女主人公的居家環境，她們與其小孩的形象呈現，她們對小孩的教育方式以及和丈夫的相處模式四方面，以對比的形式加以探究，以證實教育對女子的重要性之立論。

陳太太的家：據敘事者所述——後院對著籬笆，是一所廚房，裏面看不清楚，只覺得牆壁被炊煙薰得很黑。外面門口，堆著許多什物，如破瓷盆之類。院子裡晾著幾件衣服。

亞茜他們家住的那條街上很是清靜，都是書店和學堂。敘事者參觀他們的家覺得到處都很潔淨規則，在她心目中，可以算是第一了。進到中間的屋子——窗外綠蔭遮滿，幾張洋式的椅桌，一座鋼琴，幾件古玩，幾盆花草，幾張圖畫和照片，錯錯落落的點綴得非

---

[3] 陳東原：《中國婦女生活史》（台北：商務印書館，民國二十六年五月），頁三三八。

常靜雅。右邊一個門開著，裏面幾張書櫥，磊著滿滿的中西書籍，坐在廊子上，微微的風，送著一陣一陣的花香……夕陽西下，一抹晚霞，映著那燦爛的花，青綠的草，這院子裏，好像一個小樂園。至於小孩的臥房──一色的小床小傢具，小玻璃櫃子裡排著各種的玩具，牆上掛著各種的圖畫，和他自己所畫的、剪的花鳥人物。

在這裡我們可以明顯看出陳太太和亞茜的理家狀況，陳太太的家給人「黯淡」的感覺；而亞茜的家則有「光明」的象徵。選擇良好的居家環境是不容忽視的，從昔者「孟母三遷」可見其重要性，亞茜受過教育深知居家環境對人的影響，所以，親自打理家務，而陳太太則是交給老媽子全權處理。

師竹曾探討女學對於種族、教育、家庭、生計、衛生、醫事、風俗、婚姻、國家各方面的關係。在探討對於衛生的關係中說：「女學使女子得識衛生學，則育兒衛生、飲食衛生、家庭環境衛生，全關係於女子。」[4]由此可見，女子如果只是知道「柴米油鹽」是絕對不夠的，在她接受教育學習之後，會了解自己的責任所在，也會更加看重自己，就算只是生活上的小細節，都會小自孩子、大至社會國家，或多或少造成影響。

在小說裡女主人公給讀者的形象是──

陳太太一出場是「挽著一把頭髮，拖著鞋子，睡眼惺忪」，敘事者覺得她容貌倒還美麗，只是帶著十分嬌惰的神氣，出門的打扮則

---

[4] 鮑家麟：《中國婦女史論集　三集》（台北：稻鄉出版社，民國八十二年三月），頁二五七。

是「珠圍翠繞」；而亞茜給敘事者的印象則是「和藹靜穆」、「態度活潑」。

兩家小孩的出場也大有不同——

> 敘事者是聽見隔壁陳太太家的三個小孩的哭鬧聲，才引起她對陳家的注意；而亞茜的孩子——小峻——見到敘事者則是對她笑著鞠了一躬，然後繼續玩他的積木，口中還唱著歌。

在這裡我們可看出陳太太和亞茜以及她們各自的小孩所呈現出來的氣質風度。所謂「腹有詩書氣自華」，教育能使女子變化氣質，女子的氣質經過變化，當然容光也煥發；教育能提昇女子的思想，女子的思想經過提昇，當然也自信滿滿。而容光煥發且自信滿滿的女子所教育出來的小孩子，當然有別於未受過教育的女子。這正誠如明朝呂新吾所言：「民之無良，教弗行也，教之不入，養弗豫也，教養之豫，莫母若也。然母必能學而後能賢，必先有賢女而後有賢母，有賢母而後有賢子孫。」[5]

這兩位女主人對於小孩的教育方式也有所不同。

陳太太面對著孩子們的吵鬧，先是責怪三個老媽子不勸架，然後便抓了一把銅子給正哭得厲害的大寶說：「你拿了去跟李媽上街玩去罷，哭的我心裏不耐煩，不許哭了！」這種「給錢了事」的家長所教育出來的孩子，他們的價值觀多少會有偏差，往往也會造成不同程度的社會問題。

---

[5] 同註一，頁五五七。

　　而亞茜照顧小孩無論是生活起居或課業上都相當用心。小峻見人會打招呼；行事之前會先經過亞茜的同意；就寢時間一到，就算小峻還聽著敘事者講故事，還是乖乖地換上睡衣，上床睡覺，可見生活之規律；小峻睡覺也不怕黑，不得不讓敘事者誇讚小峻膽子大，亞茜說：「我從來不說那些神怪悲慘的故事，去刺激他的嬌嫩的腦筋。就是天黑，他也知道那黑暗的原因，自然不懂得什麼叫做害怕了。」若遇到小峻不聽話時，亞茜也會用方法，有一次，有客來訪，亞茜還未吃完飯——

　　　　亞茜站起來喚著：「小招待員，有客來了！」小峻抬起頭來說：
　　　　「媽媽，我不去，我正蓋塔呢！」亞茜笑著說：「這樣，我們
　　　　往後就不請你當招待員了。」小峻立刻站起來說：「我去，我
　　　　去。」一面抖去手上的塵土，一面跑了出去。[6]

　　亞茜知道怎麼去掌握小孩的心理，讓孩子心甘情願去做某一件事，而且還讓他覺得非常有成就感。

　　在課業方面，亞茜每天晚上還教小峻唸字片和「百家姓」，現在名片上的姓名和賬上的字，也差不多認得一半多了，這對一個幼稚園生來說是相當不容易的。

　　人家說：娶媳婦要先看媳婦的母親。那是因為什麼樣的母親會教養出什麼樣的孩子。在陳太太和亞茜兩人不同的教育程度下所教育出來的小孩子，我們不難想像他們長大後的差異。

---

[6]　卓如：《冰心》（台北：書林出版有限公司，民國八十一年十二月），頁七。

「西人分教學童之事為百課，而由母教者居七十焉！孩提之童，母親於父，其性情嗜好，惟婦人能因勢而利導之，以故母教善者，其子之成立也易，不善者，其子之成立也難。」[7]由梁啟超先生的這段話可見母親對孩子的教育佔著舉足輕重的地位，特別是孩子的啟蒙教育。由於母親與孩子的相處時間遠遠超過於父親，所以母親的「言教」與「身教」對孩子而言就顯得更為重要。

小說裡的亞茜因為受過大學教育，所以，她才懂得教孩子唸字片和「百家姓」；倘若一個未受過教育的母親，知識水準不夠，大字也識不了幾個，孩子一問三不知，更遑論「言教」或「身教」了。這麼說來，女子接受教育重要與否，答案自然是不爭的。

在夫妻相處方面，陳太太幾乎天天打牌，小孩子們都打發著老媽子帶上街去玩，陳先生下班後見不到妻子、小孩，享受不到一點天倫之樂，常常和陳太太拌嘴，數落陳太太不像一個當家人，成天不見人影，每次兩人爭辯後，就各自走了。陳先生就曾向亞茜的丈夫三哥抱怨說：

> 我回國以前的目的和希望，都受了大打擊，已經灰了一半的心，並且在公事房終日閒坐，已經十分不耐煩。好容易回到家裏，又看見那凌亂無章的家政，兒啼女哭的聲音，真是加上我百倍的不痛快。我內人是個宦家小姐，一切的家庭管理法都不知道，天天只出去應酬宴會，孩子們也沒有教育，下人們更是無所不至。我屢次的勸她，她總是不聽，並且說我，

---

[7] 同註一，頁五五一。

『不尊重女權』『不平等』『不放任』種種誤會的話。我也曾決意不去難為她，只自己獨力的整理改良。無奈我連米鹽的價錢都不知道，並且也不能終日坐在家裏，只得聽其自然。因此經濟上一天比一天困難，兒女也一天比一天放縱，更逼得我不得不出去了！既出去了，又不得不尋那劇場酒館熱鬧喧囂的地方，想以猛烈的刺激，來沖散心中的煩惱。這樣一天一天的過去，不知不覺的就成了習慣。每回到酒館的燈滅了，劇場的人散了。更深夜靜，踽踽歸來的時候，何嘗不覺得這些事不是我陳華民所應當做的。[8]

　　相對於陳太太對家庭的忽視，亞茜不但是「教子」還「相夫」，她和三哥一起翻譯書，三哥口述，亞茜筆記，真可謂「紅袖添香對譯書」。亞茜懂得夫唱婦隨的道理，所以，三哥也頗能體貼亞茜操持家務的辛苦，堅持為她僱用了一個老媽子，好分擔她的工作。

　　三哥和陳先生都是千里馬遇不到伯樂，有志難伸，但三哥雖然職位沒有陳先生高，薪水也沒有陳先生多，可是因為家庭生活的融洽，讓他能在避風港中尋求安慰及快樂；但是，陳先生卻是兩方面都失意，這一點是最讓陳先生羨慕三哥的地方。

　　有一句諺語說：「娶壞一門親，敗壞三代德。」陳先生和三哥的婚姻生活正是一個最好的實例對比。陳太太沒有受過教育，自然無正當職業，就不可能分擔家計，無法分擔家計也罷，還天天出去應酬，家裡的經濟當然日漸困難，莫怪梁啟超先生說：「女子二萬萬，

---

[8]　同註六，頁九。

全屬分利，而無一生利者。惟其不能自養，而待養於他人也，故男子以犬馬奴隸畜之，於是婦人極苦；惟婦人待養而男子不能不養之也，故終歲勤動之所入，不足以贍其妻孥，於是男人易極苦。」[9]所以，為解決男人女人皆苦的情況，便是要使女子接受教育，一旦女子接受教育後，不但小者可以分擔家計，大者可以增加生產力，促進國家經濟成長，而且女子的經濟獨立，一方面不再是他人的附屬品，另一方面也確立了自我存在的價值，而使生命更具意義。

當敘事者的母親從三哥口中得知陳先生因失志酗酒，身體衰弱，英才早逝後，便問起陳太太和小孩的現況——

> 三哥說：「要回到南邊去了。聽說她的經濟很拮据，債務也不能清理，孩子又小，將來不知怎麼過活！」母親說：「總是她沒有受過學校的教育，否則也可以自立。不過她的娘家很有錢，她總不至於十分吃苦。」三哥微笑說：「靠弟兄總不如靠自己！」[10]

在這一段話中敘事者的母親和三哥各「畫龍點睛」地說出了一個不爭的事實——「總是她沒有受過學校的教育，否則也可以自立。」「靠弟兄總不如靠自己。」這兩句話正點出了女子受教育的重要性。

我們可以很大膽地做一個假設，假設陳太太是一個受過教育的女子，就算她在經濟上沒有辦法替先生分擔，但至少她可以在家打點好家裡的一切，親自教育三個小孩，節省掉僱用三個老媽子的人

---

[9] 同註一，頁五五〇。
[10] 同註六，頁十一。

事開銷，不但小孩每天耳濡目染接受母親的家教，會懂事聽話些；而且丈夫回家後面對井然有序的家庭，一團和諧，就算外面的工作再怎麼不順心，也都還能處之泰然，那麼也不至於像小說中所寫的事業、家庭兩不順，而潦倒墮落，最後落得因肺病而亡。再者，就算陳先生過世了，如果陳太太曾接受過教育，必能有一技之長，就能夠自力更生，而不須完全仰賴他人了。

從小說中這兩個女主人公的對比，我們不難發現為什麼許多鼓吹應該重視女子教育的人會認為：「『教育』是解決『女子問題』，達到『婦女解放』的根本。」[11]冰心在關注女性命運的問題上，直接點出了封建性的根源，告訴讀者唯有「教育」才是解放女性的途徑。

## 二、欲掙脫包辦婚姻困境的女性

清末以後，西方婚姻自由的觀念傳入中國，到了五四時期，知識份子接受新思潮的激盪與影響，開始對傳統的「父母之命，媒妁之言」的婚姻質疑並反抗，他們要爭取的是自由的戀愛婚姻。

在當時的女性小說中，我們見到知識女性因為受到新思潮——「戀愛自由」、「婚姻自主」的影響，越來越多的人反抗不自由的舊式婚姻，退婚、逃婚或以生命抗議的事例層出不窮，父母代定的專制或買賣式的婚姻，往往造成無愛的婚姻以及有愛情但不得結婚的痛苦，因此受到嚴重的抨擊。為彌補舊式婚姻的缺陷，戀愛自由便成為她們追求的目標。當時瑞典女作家愛倫凱（Ellen Key）所主張

---

[11] 喻蓉蓉：《五四時期之中國知識婦女》，（台北：政治大學歷史研究所碩士論文，民國七十六年六月），頁五七。

的戀愛理論，高唱以戀愛為主的婚姻，影響了中國的婚姻觀念：「無論怎樣的婚姻，有戀愛的便是有道德，即使經過法律手續的婚姻，沒有戀愛總是不道德的。」[12]

冰心〈秋風秋雨愁煞人〉裡的英雲是個在心中想要掙脫包辦婚姻，卻又無法付諸於行的女性，最後她以自殺作最確切的控訴。

英雲在唸中學的一個暑假回家時，便在父母的安排下嫁給了她家財萬貫的表哥。她看不慣表哥像「高等遊民」的無所事事，看不慣他們家中養尊處優的奢靡。婆婆要她入境隨俗，不能穿得太樸素，才能當個女主人；又反對她唸書，說是家裡不缺她教書賺錢。

英雲說：「我心裡比囚徒還要難受，因為我所要做的事情，都要消極的摒絕，我所不要做的事，都要積極地進行。像這樣被動的生活，還有一毫人生的樂趣嗎？」[13]她忍受不了社會的壓迫和違心的生活，憤而自殺，等於是為爭婚姻自由而死的。

這些知識女性在反對強制訂婚的呼聲中抵抗社會習俗，有的奮鬥不過，就認命嫁人，或者嫁人後，在婚姻的絕境中走向自殺之路；有的是還未走進婚姻，就以死表明心跡；有的則是出走逃避。這些女性向傳統的權威抗爭，努力自傳統的束縛中解放出來。

在馮沅君〈隔絕〉中，我們見到家庭的那座高牆雖然壅隔了抗拒包辦婚姻的這對戀人，但卻阻擋不了他們對彼此的那份愛戀。這可證明他們的愛是在兩情相悅的基礎下所建立起來的，絕非逢場作戲，所以他們有共同奮鬥的決心；所以他們有目標一致的立場，他

---

[12] 同註一一，頁一五九。
[13] 冰心：《冰心文集》，（上海：文藝出版社，一九八二年十一月），頁四一九。

們清楚地知道自己所要追求的是什麼，要擺脫的是什麼，他們不再
任隨命運擺佈，屈服認命去接受傳統所給予的不公平的待遇。

　　鑴華在被幽禁時，寫給士軫的信中說——

> 世界原是個大牢獄，人生的途中又偏生許多荊棘，我們還留
> 戀些什麼。況且萬一有了什麼意外的變動，你是必殉情的，
> 那麼我怎能獨生！我所以不在我母親捉我回來的時候，就往
> 火車軌道中一跳，只待車輪子一動我就和這個惡濁世界長別
> 的原因，就是這樣。此刻離那可怕的日子（逼我作劉家的媳
> 婦的日子）還有三天，劉慕漢現尚未到家，我現在方運動我
> 的表妹和姐姐設法救我出去。假如愛神憐我們的至誠，保佑
> 我們成功，則我們日後或逃亡這個世界的個別空間，或逕往
> 別個世界去，仍然是相互攙扶著。不然，我怕我現在縱然消
> 滅了，我的母親或許仍把我這副皮囊送喪在劉家墳內，那是
> 多麼可恥的事。[14]

　　這裡所說的「牢獄」指的正是傳統封建桎梏思想的束縛；而「荊
棘」指的是「父母之命」、「媒妁之言」長久以來即被視為「正道」。
然而，他們身在「牢獄」之中，面對著重重的「荊棘」，卻不畏其苦，
仍然勇往直前，那推動著他們往前的便是「真愛」，是屈服在舊式的
婚姻制度下的人，所感受不到的「真愛」。

　　這對戀人不明白為何親情與愛情不能兩全——

---

[14] 盧啟元、徐志超編：《中國新文學大師名作賞析——蘇雪林、盧隱、凌叔華、
馮沅君》，（台北：海風出版社，民國八十一年三月），頁二七八。

鑴華的姐姐覺得她不該回來見母親，要不就和士軫遠走高飛。但鑴華對士軫說：「我愛你，我也愛我的媽媽，世界上的愛情都是神聖的，無論是男女之愛，母子之愛。試想想六十多歲的老母，六、七年不得見面了，現在有了親近她老人家的機會，而還是一點歸志沒有，這算人嗎？」[15]

她感慨說為何在他們眼中是神聖、高尚、純潔的愛情，在父母看來卻是卑鄙污濁的；已有妻室的士軫也曾對鑴華發出相同的感慨：「我明知道對於異性的愛戀的本能不應該在你身上發展，你的問題是能解決的，我的問題是不能解決的……但是我不明白為什麼對於我不愛的人非教我親近不可，而對於我的愛人略親近，他們就視為大逆不道？……」[16]他們表達對現存婚姻制度的不滿，認知沒有愛情的婚姻是極專制且不道德的，並以奮鬥的精神及堅強的意志來反抗舊式的代訂式婚制，強調自由戀愛的可貴。

女性的生活與地位受到傳統婚姻制度的束縛，其不幸絕大部分來自婚姻與家庭。我們要要求所謂的男女平等，就必須改變女性在婚姻生活的不合理的情況。當時的知識女性有變革自己命運的決心，婚姻自主成為女性解放的重要課題。因此，在小說中，我們見到女性面對婚姻在新舊文化下的勇敢抉擇。

---

[15] 同註一四，頁二七八～二七九。
[16] 同註一四，頁二八三。

### 三、受騙於社交初公開，青黃不接時期的女性

　　中國自古以來嚴格的禮教男女之防，阻礙了兩性的社交之路，
也造成無愛婚姻的種種問題。正因為沒有正當的男女社交，女性沒
有選擇善良男性的機會，因而產生了一些不正當或是暗中進行的男
女交際，反而受害更深的又是女性，因為她們往往是被始亂終棄的
一方。在五四時期，為彌補舊式婚姻以及女性在私下與男性談戀愛
被當成玩物的缺失，許多知識份子提出了男女公開交際自由的重
要性。

　　楊濤聲在〈男女社交公開〉中提出三個問題，並說出他的看法：
一、禮防是否能夠防範不貞？否定禮防，讓男女自由交往。二、女
子是人還是物？肯定女性是人，人與人交往視為平常。三、禮防與
道德是否為一體？肯定道德的力量，而否定禮防作用。[17]的確，社
交公開提供了兩性擇偶的機會，但若以社交公開，做為自由結婚的
媒介，那也將產生問題。凌叔華的〈吃茶〉便是一例。

　　原本深居閨房的芳影，受到新風氣的影響，開始公開參加社交
活動，在一個偶然的機會和學成歸國的留學生王斌相識，王斌洋式
的禮貌性的對待，使得芳影自作多情起來──幻想錯覺再加上暗自
期待──

　　　　淑貞的哥哥，相貌真是不俗，舉止很是文雅……他很用神和
　　　　我談話……他跟我倒茶，拿戲單，撿掉在地上的手帕，臨出

[17] 同註一一，頁一六一。

戲院時，又幫我穿大氅……唔，真慇勤……出戲院時，他扶
我上車後，還摘下帽子，緊緊的望了我一會兒呢……[18]

芳影一切的坐臥難安終於在王斌的妹妹送來結婚請帖，邀請她
當伴娘，才頓悟過來。王斌的妹妹對她說：

好笑的很，中國人吃飽了飯便想到婚嫁的事。自從我哥哥回
國後就有許多人請茶請飯，有一天黃家——就是石坊橋的黃
家——請哥哥到「來今雨軒」吃飯，我也去了。他們的二小
姐，跛了一隻腳的，你大約亦看見過，坐著倒看不出來，走
起來，才覺出。她在園裡走動時上山下山，過橋或是開門，
我哥哥就攙扶她，她手裡拿的東西，哥哥也替她拿著。這不
打緊，黃家忽然託人示意，叫哥哥去求婚。我哥哥很是好笑，
不用說他已經在外國和張小姐訂了婚，就是沒有，他家那裏
肯娶一個跛小姐呢？但是過後黃家的人都說既然他不屬意他
們的小姐，為什麼攙扶她，服侍她，那樣賣小心呢？我哥哥
知道了又是生氣，又是好笑，他說男子服侍女子，是外國最
平常的規矩。芳影姐姐，你說好笑不好笑？[19]

身居深閨的芳影，好不容易有機會被時代的風尚推進了有限的
社交圈，但因思想的固陋已久，不合時宜，和黃家小姐一樣陰錯陽
差地墜入她們以為的「情網」，造成心靈的創傷。芳影和黃家小姐的

---

[18] 凌叔華：《凌叔華小說集ⅠⅡ》（台北：洪範書店，民國七十三年十一月），頁十七。

[19] 同註一八，頁二四。

受傷，在於舊式女性守舊古板的錯誤認知，潛意識裡她以為參加社交活動，就是為了要尋覓對象，當然，歷史的發展是沒有辦法一下子就打破舊式女性的心靈枷鎖的。

張東蓀對於「男女社交公開」的看法是：社交公開是使女子取得社會地位的第一步，卻不是自由結婚的媒介，社會上一般人以為社交公開可以自由戀愛，這是一種錯誤觀念，因為抱著擇配的心思去社會交際場裡，就不是真正的社交，這種心思不但不能促進社交公開，反而妨礙了社交公開。因此，張東蓀反對以社交公開作為自由結婚的媒介。[20]

凌叔華〈女兒身世太淒涼〉裡婉蘭的表姊，她不像婉蘭認命於父母包辦的婚姻，她崇尚自由，棄絕父母安排的對象，而父親也因為毀婚，丟了差事。她在社交場上認識了幾個男子，當她發現不適合，拒絕他們後，他們居然到處造謠毀謗，受到冤枉的她又遭到父母的責備，不久就病死。

五四時期，解禁了兩性長久以來的遙遠距離，一旦距離驟然拉近，他們還無所適從，不知如何正確處理感情問題，也就產生了不少悲劇。

受到新思想的衝擊，當時的風氣，男人常拋棄他的原配，要找一個新式的女子談自由戀愛，這對兩方的女人都是很大的傷害。盧隱〈象牙戒指〉裡的沁珠就是在這樣的傷害中，斷送了她的幸福和生命。

---

[20] 張三郎：《五四時期的女權運動（一九一五～一九二三）》，（台北：師範大學歷史研究所碩士論文，民國七十五年六月），頁一二七。

　　沁珠在「有了愛人是體面」的社交初公開期，開啟了她情竇初開的心，誰知讓她付出感情的伍念秋，竟是有婦之夫。因為初戀，再加以伍念秋糾纏不休，使得沁珠一直無法拿起慧劍斬斷情絲。

　　伍念秋的妻子來信要沁珠顧念兩個小孩，離開伍念秋。沁珠寫了一封信給伍念秋，正式分手，但卻感到心灰意冷，此時，她結識了曹子卿，他給她全心的愛，誰知他也是使君有婦，後來，曹子卿為表示對沁珠的誠意，和妻子離了婚。但是，伍念秋帶給沁珠的傷害太大，她遲遲無法接受曹子卿的愛——

> 我太野心，我不願和一個已經同別的女人發生過關係的人結合；還有一部份是我處女潔白的心，也已印上了一層濃厚色彩，這種色彩不是時間所能使它淡褪或消滅的；因此無論以後再加上任何種的色彩，都遮不住第一次的痕跡。[21]

　　最後，深情的曹子卿抱憾而終；而沁珠不久也在懊悔中走完了她的一生。

　　盧隱〈時代的犧牲者〉裡的林雅瑜是一個醉心於自由戀愛的人，所以她很快便被有婦之夫張道懷所擄獲。

　　值得慶幸的是，張道懷的妻子在友人的協助下，向林雅瑜揭開了張道懷的真面目。張道懷騙妻子假離婚，其實他是為了要娶對他前途有幫助的有錢又貌美的林雅瑜，再者，這種不是正式提出的離婚，他還省了一筆贍養費。

---

[21] 郭俊峰、王金亭編：《盧隱小說全集》，（長春：時代文藝出版社，一九九七年三月），頁九四九。

　　林雅瑜說：「我並不為不能和張道懷結婚傷心，我只恨我自己認錯人。我本來是醉心自由戀愛的，——想不到差一點被自由戀愛斷送了我！」[22]她明白張道懷和妻子十餘年的夫妻，居然能下這樣欺詐的狠心，那麼他對她所說的高尚的志趣和聖潔的愛情，更是虛假的。

　　盧隱〈藍田的懺悔錄〉裡的藍田的後母要她嫁給一個已經有了三個妻子的有錢人，藍田勇敢地逃走，到北京唸大學，一些青年稱讚她是奮鬥的勇將，是有志氣的女子，是女界的明燈，缺少經驗的藍田，赤裸地貢獻了她的心魂，誰知他們只是為了她的錢在誘惑利用她，而她的未婚夫也在訂婚不久，又有了新歡。

　　病中的藍田，只有一個女性好友去探視她，她不禁要對上帝吶喊：

> 唉！無所不知的上帝，——我當然不敢瞞你，並且是不能瞞你，當我逃避家庭專制，而求光明前途的時候，我不但是為我個人謀幸福；並且為同病的女同胞作先鋒。當時的氣概，是不容瞞無所不知的上帝，我自覺得可以貫雲穿霄。然而我被他們同情的誘惑，恐怕也只有上帝知道，那是一個沒有經驗的女子，必不可免的危險！[23]

　　在社交初公開時，有不少無知的女性誤解自由戀愛的意義，而上了那些拿戀愛當遊戲的青年的當，他們把情竇初開的女性當玩物，完膩了就丟。丁玲〈小火輪上〉裡的節大姐又是一例。節大姐

---

[22] 同註二一，頁三七五。
[23] 同註二一，頁二五一。

是個認真教學，受到學生歡迎的女老師，她的初戀獻給了一個叫昆山的有婦之夫。昆山向節大姐訴說他可憐的家庭歷史，一個有小腳妻子的丈夫的苦衷；他那濃情蜜意的情書，很快地征服了節大姐二十多年來從不曾為男人跳動的心。只要昆山來找她，她便請假去約會。誰知後來竟得到這個她所深愛的人反抗家庭再婚的消息，新娘是一個年紀比他大，瘦弱又不好看的女人。婚禮上，昆山還是遞給節大姐多情的眼光。後來，昆山向節大姐解釋說：有一次喝醉，把她當成是她了，之後，她的父親找上門，他只好娶了她。

就在節大姐為受騙的感情痛苦不堪時，雪上加霜的消息傳來了，學校就在快開學之際，以她請假太多的理由辭退了她；其實真正的原因是過去校方早就在她之前拆閱過昆山的來信了。此時此刻，開學在即，她根本找不到其他學校任教。真愛被踐踏，又失去經濟來源，她只能乘船回去家鄉。我們不禁要為她回到保守的家鄉後，會面臨什麼樣的壓迫而堪憂！

在當時大家高喊自由戀愛，打破包辦婚姻的潮流中，出現了一些藉著革命之名，專門欺騙知識女性感情的偽君子。這些偽君子也就是當時喧騰一時的「浮蕩少年」。

在當時〈浮蕩少年與男女交際〉和〈男女社交與浮蕩少年〉兩篇文章就討論到了「浮蕩少年」玩弄女子的心理，他們假社交之名以行其私，行什麼私呢？「完全沒有懂到男女交際的意義，卻胡亂地把非常輕薄的態度，加到女青年身上去，給女青年以不堪，而且累伊受舊社會壓迫，這實在是摧折男女交際底萌芽的浮蕩少年行為了。」[24]

---

[24] 藍承菊：《五四新思潮衝擊下的婚姻觀（一九一五～一九二三）》，（台北：師

　　那時的青年，愛慕某一位女子，都會貿然寫信要求談「自由戀愛」，不然就是藉著女朋友招搖出風頭，把女朋友當玩物，分手之際他們還可以理直氣壯地，站在兩性平等的立場說：「我們是新青年，當然不論男女都應有獨立生活的精神和能力，你離了我自然還是一樣生活。」[25]而那些初接受自由戀愛，對愛情滿懷憧憬的有謀生能力的知識女性，因為傳統根深已久的貞操觀，根本無法「還是一樣生活」，其結局還是像舊式傳統女性，陷入萬劫不復的深淵。

　　這就如同在十九世紀中葉美國興起的第二波被稱為「性革命」的女性運動，而「性解放」便是當時女性為反抗長期所受到的性奴役所提出的口號。但是，當時許多人卻把「性解放」誤以為是「性氾濫」，有些男人假借「性解放」的名義要女性開放地解除武裝，才能成為現代新女性，但他們的傳統觀念卻仍然是要娶一個處女之身的女子為妻，因此，「性解放」的美好理念，非但沒有為女性帶來改善，卻給男性帶來了玩弄女性的藉口。

四、淪陷於離婚絕境的女性

　　五四時期的青年，有的可能在懵懂未知時就由父母安排結婚，那時根本不瞭解結婚的意義；有的可能被迫於經濟問題，不得不聽命於父母包辦的婚姻。

---

範大學歷史研究所碩士論文，民國八十二年六月），頁一一五。
[25] 錢虹編：《盧隱選集》上冊，（福州：福建人民出版社，一九八五年五月），頁四〇四。

然而，當接觸到新思潮並受其影響後，他們感到與對方知識的差距或新舊觀念、思想性格不合，他們不再默默承受無愛的婚姻，他們大膽地提出離婚。雖說離婚的提出，不再只是男性的專利，但在理想與現實的差距下，往往提出離婚的要求者，大抵以男性居多，因為，長久以來的封建思想，不是說變就變的，女性早已在自覺與不自覺中接受了從一而終的思想影響，這是一種社會心理的刻板印象，而這種社會刻板印象對婦女的心理影響是非常深刻的。況且，男性離婚再娶，司空見慣；而女性離婚再嫁，就不是那麼容易了，因為那些擺脫不掉舊式負擔的女性，單就社會的輿論與批評，就足以讓她們喘不過氣來；若再加上自己沒有經濟能力，離婚之後無法獨立生活，這些顧慮就造成女性寧願被虐待、遭到遺棄，嚴重的話飲恨自殺，她們說什麼也不願意提出離婚。

所以，在五四時期的女性小說中，我們還見不到女子離婚再嫁的。

在當時仍是封閉的社會風氣中，女子一旦被離棄，就像是犯了「七出」之條一樣，有損貞節及顏面，因此那些被休棄的女子，倘使有謀生能力的倒還好，所面對的不過是精神上的折磨；但是舊式女子通常是沒有受過教育的，沒有學問，又連謀生的能力都沒有的，離婚之後就等於是陷於絕境了。我們不難想像丁玲〈小火輪上〉裡那個被昆山離棄的「小腳妻子」的悲慘下場。

盧隱〈時代的犧牲者〉裡的李秀貞九年來苦苦守著家，等著學成歸國的包辦丈夫張道懷。誰知張道懷回國後，竟以弱者的姿態乞求李秀貞原諒他的再婚，他表示對方要起訴他再婚，所以，他必須

和李秀貞假離婚。張道懷得到離婚證書後，就不見人影了。李秀貞
感慨地說：

> 在這新時代離婚和戀愛，都是很時髦的，著了魔的狂熱的青
> 年男女，一時戀愛了，一時又離婚了，算不得什麼，富於固
> 執感情的女子，本來只好作新時代的犧牲品⋯⋯。[26]

李秀貞是個老師，在經濟上謀求獨立應該是沒有問題的，但是
受創的婚姻，卻使她暗自飲恨，也陷入了絕境。

在一九二二年的《婦女雜誌》中有一篇〈中國目前之離婚難及其
救濟策〉提到：「離婚後婦人的再嫁，無論怎樣正當，總稱為失節，⋯⋯
在社會上這種失節的女子，完全喪失人格，人家看作非常卑鄙，自己
也覺得非常的恥辱。⋯⋯離婚後既不能再嫁，所以一經離婚，無異於
宣告死刑⋯⋯」[27]這也正是倡導女性解放者，嚴厲批評所謂的貞操觀
念及迫切要求女性經濟獨立的最大原因。

一九三一年三月二十五日，在《申報・自由談》裡有一位李玉瑛
也是遭遇了上述兩個問題。〈離婚前後〉忠實地記錄她的心情：她在寡
母含辛茹苦的撫養下，受到中等教育。十九歲時，母親答應了媒妁之
言的親事。婚後，丈夫依然吃、喝、瞟、賭，花光了大筆的遺產，她
受不了那種爭吵的日子，便和丈夫離婚，四歲的兒子歸她撫養。她試
著和男性朋友交往，卻惹來親戚的冷嘲熱諷；她想要自立，找一個正

---

[26] 同註二一，頁七一九。
[27] 鄭宜芬：《五四時期的女性小說研究（一九一七～一九二七）》，（台北：政治
大學中國文學研究所碩士論文，民國八十五年七月），頁七一。

當的職業，但是礙於她的學歷，社會哪有她插足的餘地。她曾有兩次自殺的動機，但想起母親和孩子，只能繼續她痛苦無望的日子。[28]

我們再來看看「五四」女作家的作品所反映的這類現實問題。

盧隱〈象牙戒指〉裡的沁珠受到伍念秋的欺騙成為他婚姻中的第三者，伍念秋的妻子李秀英來信說：

> 女士是有學問，有才幹的人。自然也更明白事理，定能原諒我的苦衷，替我開一條生路！不但我此生感激你，就是我的兩個孩子，也受賜不淺！
>
> 女士你知道我的丈夫念秋，自從認識你之後，他對我就變了心。起初他在我面前贊揚你，我不明白他的意思，除了同他一般的佩服你之外，沒有想到別的。但是後來他對我冷淡發脾氣，似乎對於孩子也討厭起來了。……我常看報，知道現在的風氣，男人常要丟掉他本來的妻，再去找一個新式女子講自由戀愛……我便質問他，究竟我到他家裡六七年來，做錯了什麼事，對不起他？使他要拋棄我！但是他簡直昏了，他不承認他自己的不該，反倒百般辱罵我！說我不瞭解他，又沒有相當的學問，自然我也知道我的程度很淺，也許真配不上他。但是我們結婚六七年了，平日並不見得有什麼不合適，怎麼現在忽然變了。他說：他從前沒有遇見好的，所以不覺得，現在既然遇見了，自然要對我不滿意。……我們都

---

[28] 汪丹編：《女性潮汐》，（天津：天津人民出版社，一九九八年二月），頁二九～三一。

是女人，你一定能知道一個被人拋棄的妻子的苦楚！倘使我們
沒有那兩個孩子，我也就不和他爭論，自己當尼姑修行去了。
可是現在我又明明有這兩個不解事的孩子，他們是需要親娘的
撫慰教養，如果他真棄了我，孩子自然也要跟著受苦，所以我
懇求女士，看在我母子的面上，和念秋斷絕關係，使我夫妻能
和好如初，女士的恩德，來世當銜草以報。[29]

　　在這封信裡我們見到李秀英這個女子的悲苦，她寧願為了小
孩，在無愛的婚姻生活中苟活，也不願意被丈夫離棄，因為她明白
被離棄的女子在社會上幾乎沒有社會資格，除了自怨命苦之外，無
所慰藉。她也假設如果沒有孩子，她就去當尼姑，甚至沒有考慮要
去再尋幸福。儘管在當時女子已經可以和男子一樣提出離婚，但女
子無法打破舊禮教的束縛，無法掃除盲目的貞操觀，其命運仍舊聽
從男子的擺佈。

　　這正印證了紫瑚所說的，國內的離婚和別國的差別在於「感到
這離婚難的苦痛者，只有男子一方面，至於女子，大多數似乎不但
不覺得不能離婚的痛苦，反而覺得要離婚的痛苦，這不是婦女們都
肯滿意於不幸福的結婚，實在是因受種種環境的壓迫和習慣的束
縛，使她們覺得離婚後的痛苦，還不能和不幸福無愛情的不離婚相
比較。」[30]

---

[29] 同註二一，頁九〇九～九一〇。
[30] 同註二四，頁一三四。

　　胡懷琛也鼓勵女子在不幸的婚姻中應該提出離婚，但是有三個難題要先研究：「一、現在已嫁的女子，多數沒有自立的技能，離婚以後，她怎樣渡日，難道便置之不問嗎？二、現在舊習慣沒有完全革除，譬男子對於女子，要求離婚，在男子認為不算什麼事，卻是女子於離婚以後，為習慣的束縛不能再嫁，這也是一件極不平的事。三、在兒童沒有公育機關以前，倘然有了兒女，被他牽制，卻又如何解決？」[31]

　　盧隱〈時代的犧牲者〉裡的李秀貞就是面臨了第二個難題；而〈象牙戒指〉裡的李秀英就是面臨了第一和第三個難題。因此，胡懷琛提出了解決的方法：第一，要養成女子有自立的技能，第二，要改移社會的習尚，承認娶再嫁之婦，第三，要組織兒童公育機關。[32]當然要避免女性淪陷於離婚的絕境，最根本的解決辦法就是：婚姻的實質一定要建立在戀愛的結合之上。

## 五、「娜拉」出走後的經濟危機

　　易卜生的《傀儡家庭》是五四時期影響女性解放的一本重要著作。小說的女主人公娜拉覺醒之後，不願再依附丈夫，做他的傀儡，拼命想要追求個人獨立，終於離家出走。但是魯迅卻提出了「娜拉走後怎樣？」的問題——

　　但從事理上推想起來，娜拉或者實在只有兩條路：不是墮落，就是回來……。因為如果是一匹小鳥，則籠子裡固然不自由，而一出籠

---

[31] 同註二四，頁一三三～一三四。
[32] 同註二四，頁一三四。

門，外面便又有鷹，有貓，以及別的什麼東西之類；倘使已經關得麻痺了翅子，忘卻了飛翔，也誠然是無路可走。還有一條就是餓死了。

　　所以，為娜拉計，錢，──高雅的說吧，就是經濟，是最要緊的了。自由固不是錢所能買到的，但能夠為錢而賣掉。……為準備不做傀儡起見，在目下社會裡，經濟權就見得最要緊。[33]

　　這也就是茅盾所說的：「中國的社會還沒替出走後的娜拉準備好了『作一個堂堂正正的人』的環境。」[34]所以，魯迅〈傷逝〉裡走出父門的子君，迷惘地在外遊蕩一遭後，還是只好又回到原來的位置。針對這一點，我們可以從丁玲筆下的夢珂得到印證。

　　夢珂是一個有主見的反叛女性，為了抵抗自己所不喜歡的父母包辦婚姻，她衝破家庭的束縛，離家到上海求學；她同時是具有正義感的女性，在唸中學時，因為不滿老師非禮女模特兒，她挺身而出指責老師不法的行為，當時在一旁的男同學只敢竊竊私語，和夢珂的勇敢形成對比。後來，她憤而退學，寄居到姑媽家。

　　夢珂這種為女性出頭的行徑，正是受了「五四」新思潮的影響，女人的地位與人格是必須要被尊重的。

　　在姑媽家她對溫文儒雅的表哥產生了愛情，後來，竟發現表哥不過是把她當成一件「貨物」在玩弄，於是，她決心離開這個讓她已經適應的傷心地，但是她不願意回家，這時就必須靠自己謀生了。在小

---

[33]　陳炳良編：《中國現代文學新貌》，（台北：台灣學生書局，民國七十九年十月），頁二一一。

[34]　鄒午蓉：《丁玲創作論》，（江蘇：江蘇文藝出版社，一九九四年十月），頁二十。

說裡我們見到父親總共寄了兩次錢給夢珂，而且都是在很拮据的情況下，把錢湊出來給夢珂的，因此，她不可能再靠家裡的資助。

離開姑媽家時，她身上只有二、三十塊錢，她跑到劇社去當演員，她怎麼也沒料到為了錢她必須出賣自己的靈魂。導演當著她的面「像商議生意一樣」批評她的容貌。這時她不也是一件「貨物」，但沒有錢萬萬不能，她再不能像前兩次一樣，為了尊嚴，拂袖而去，因為，她已無處可去了。

後來，為生活所逼，她曾幻想過的「革命」破滅了，她再也不是以前的夢珂，她只能墜入深淵，融入那樣一個虛偽而醜陋的大環境之中了。

夢醒之後，無路可走的痛苦，讓夢珂意識到作為女性的不幸和生存的艱難。所以，想不成為家庭傀儡而離家出走之前，生計問題是最迫切要解決的，否則不會有什麼好下場，這也就是提倡女權的人，都把解決女性的經濟問題列為首要工作的原因。

德國崇尚社會主義的伯倍爾認為：婦女的地位是隨實際的經濟狀態而推移的；婦女地位低落的原因與經濟有關——「婦女以生產者的資格，是否為人類社會所必須的經濟因素，是直接左右其個人的獨立的重大問題。」[35]我們可以試想如果夢珂能有一份正當的職業，那麼她仍舊可以擁有她的尊嚴，徹底改變自己的附庸屬性，堅持自己的愛情理想，走出一條屬於自己的大道。

---

[35] 同註二四，頁七九。

## 六、面臨事業與婚姻衝突的女性

五四時期的中國知識女性，幾乎大多走出家庭，進入社會，這代表著傳統威權的式微，女性和男性一樣也擁有了社會地位，但這並不代表完全的解放，怎麼說呢？我們從以下幾篇小說來看看這些力爭上游的知識女性，受困於事業與家庭兩難的處境。

凌叔華〈綺霞〉裡婚後的高綺霞，被家務纏身，荒廢了琴藝。朋友勸她不該小看自己，把家庭看得太重要，古今有多少女子就毀在「開門七件事」上；她也感到自己性靈的墮落，以前自己也曾經唱高調，譏笑那些閨閣女子易於滿足，可是如今自己卻成了他人譏笑的對象。她幾次面臨事業與家庭兩難抉擇的困境，後來，她終於拋開了枷鎖。可是，等她從歐洲學成歸國，完成了她當初的理想後，丈夫已經成了別人的丈夫。

當女性針對個人的事業付出努力時，往往就易疏忽於婚姻家庭，這樣比較起來又是得不償失的，於是又陷入另一個危機。因為女性對家庭的重視程度大於男性，所以當獨身女性錯過婚姻後，就算她的事業再成功，總不免有著失落和缺憾。

冰心〈西風〉裡事業有成的秋心，在船上和十年前被她所拒絕的男子邂逅。秋心在得知男子已有了幸福的家庭後，欲以擬演講稿——「婦女兩大問題——職業與婚姻」來排解紛亂的心緒，但她卻恨起自己十年勞碌的生涯，她詛咒著自己：在決定婚姻和事業之前，原已理會到這一切的。可是，她不得不想像，假使十年前她做的是另一個決定……。

在傳統的觀念中，女人是毫無事業可言的，一切都要以家庭為主，然而隨著女性解放思想的高漲，當事業與家庭兩者產生衝突時，矛盾的心理掙扎便隨之而來。

陳衡哲〈洛綺思的問題〉裡和瓦德教授訂婚不久的哲學博士洛綺思，心裡便起了迷惘。

洛綺思認為：「我若是結了婚，我的前途便將生出無數阻力了。」

解除婚約在當時是需要極大的勇氣的，但瓦德還是成全了洛綺思。洛綺思一方面感謝瓦德讓她重獲自由；另一方面卻又欽佩把撫養子女看做人生唯一目的的馬德夫人——「像她這樣的女子，也是不易多得的。你看他的子女，何等聰明，何等可愛；我常常自想，若使每個女子都能做一個澈底的賢母，那麼，世界上還有什麼別的問題呢？」在洛綺思的心裡還是有著相當的矛盾。

自此以後，他倆常常書信往來，交情或愈淡也愈深。

朋友們見瓦德不再提起結婚之事，不免感到怪異，有人揶揄問說：打算到何處度蜜月，情急之下瓦德答道：「洛綺思是一個百世不一見的奇女子，誰能忍心把結婚的俗事，去毀敗她的前途呢？」

三個月不到，瓦德與一位中學教員訂婚，並立刻結了婚。

洛綺思聞此，心中不免有些不舒服，但卻把對瓦德怨懟失望和思念的心情轉移到工作上。

在洛綺思四十多歲時，已是一所女子大學的哲學系主任了，在國際上享有其學術地位，她終於成就了自己年少時的夢想。但她往後的日子卻被一場「甜蜜的家」的美夢所煩擾——夢中她是瓦德的

妻，有兩個可愛的孩子，過著和樂的家居生活——夢醒後她忽然感到現在生活的孤寂。

從陳衡哲這篇小說我們可以看出中國職業婦女的悲哀。陳東原在《中國婦女生活史》中探討到「職業上的解放與其痛苦」提到中國今日從事職業的女子——

> 女教員們，一週擔任二三十小時功課，回家還要帶小孩子，燒飯，洗衣，晚上還要改卷子，預備功課，一有閒暇，還想打毛繩衣，做小孩鞋襪，即使雇有女僕，有許多事還是要親自做的：這生活該是有多苦，但這是平時的現象，如果又懷了孕，便不得不為生育著急了。差不多的時候，便得暫停職業，一個孩子出了世，精神衰頹了一大半，對於職業，就要發生厭倦了。所以那結過婚的女子，從事職業總是站不長久的。[36]

這便是洛綺思所擔憂的，所以，她毅然決然向瓦德提出了解除婚約的要求。

陳東原還提到因為上述的原因，便發生了兩種現象：（一）從事職業底未婚女子，認結婚是一件可怕的事，為衣食的原故，不得不犧牲那可愛的青春。晚之又晚，到頭來往往失卻了結婚的機會。感受晚婚——甚至不婚底痛苦的女子，現在中國智識階級裏多極了。（二）晚婚既痛苦，一般未婚的女子，遂不能不認職業為不愉快的

---

[36] 同註三，頁三九七～三九八。

事情了，於是還恢復她們的舊觀念，以為只有作家主婦是她們自然的職業，很急切地要找一個有家產的男子去嫁了。如果因經濟壓迫，一時不得不從事職業，她覺得那種職業也不過是大海中無聊的航行，一旦得駛入結婚的港口裏，她便要立刻棄去她所憎惡的職業活動的。因為如此，女子還是不能「自立」婚姻的習慣，還是沒有改進，多數解放的女子、戀愛結婚的，自以為打破了一切，誰知結婚不久，纔曉得自己還沒有解放，還要受男子的保護。數千年來的鎖鍊，仍舊套在她們的項上。[37]

　　這兩種現象所造成的「不婚單身貴族」和「找尋長期飯票」的女性，於今將邁入二十一世紀之際仍是可見一斑，而且為數不少。就洛綺思這位高級知識份子來說，她當然是屬於第一種現象。

　　傳統的父系文化——父權為上，夫權為尊，無論中西對女性的要求十分嚴苛，不但要無才無能，還要溫柔順從，一生以服侍男人為職責，無法有自我的意見和想法，一切都要仰賴男人。

　　沙文主義的大男人對自我總有一份自豪，一方面他想找一個與他志同道合的伴侶，在事業上有能力輔佐他，在家庭中又能扮演好賢妻良母的角色；但另一方面，又不希望妻子的能力或成就超越他，儘管他所要求的是那樣一個幾近完美的女子。

　　美國作家勞頓在一九五六年發表〈妻子的心理成熟〉一文中說：「為了使她的婚姻成功，一個心理成熟的妻子必須是一個女演員，能在舞台上扮演大約二十五種角色，並且能一瞬間就變換過來。……

---

[37] 同註三，頁三九八。

他必須是一個貞潔的動物，帶著驚奇的神情從她丈夫那兒了解生活。她也必須是一個誘人、有魅力的女人，和其他女性競爭，還要是事業的好幫手，必要時能幫助家庭經濟，然而在沒有必要時，她又需完全放棄自己的事業和賺錢的好機會。她必須是一個室內設計專家、管家、餐廳老闆、廚師、女侍，所有職務集於一身……她又要是家庭討論或辯論的一員，但最好多聽少講。她是一個觀眾，只能問發表演講的丈夫回答得出來的問題。她還要是一個熟練的護士、心理治療家、善解人意者、女大使。她又須是一個好舞伴，橋牌的好搭檔，但不能打得太好……而且是永遠讓丈夫感覺新鮮的情婦。」[38]其實在下意識裡瓦德也希望他的妻子能成為這樣一個女子，可惜，洛綺思不願做一個無法擁有自我的女性；當瓦德理解到事業心強的洛綺思不可能成為他心目中理想的妻子時，於是他選擇了另類的女子。

　　且看他是如何形容他的妻子——「是一個爽直而快樂的女子，雖然略有點粗鹵。她當能於我有益，因為我太喜歡用腦了，正需她這樣一個人來調調口味。」、「她自己雖不是一個學者，但卻是學者的好伴侶。」[39]

　　瓦德既然是這樣描述他的妻子，但在原本預備寄給洛綺思的信中又說：「有許多我的朋友們，以為我應該找一個志同道合的人，來做終身的伴侶。我豈有不願如此，但是，洛綺思，天上的天鵝，是

---

[38]　陳淑珍：〈她往何處去——文學作品中的女性形象及地位〉[0]，（台北《傳習》，民國八十二年六月，第十一期），頁二四九～二五〇。

[39]　陳衡哲：《小雨點》，（台北：成文出版社，民國六十九年七月），頁八十四。

輕易不到人間來的。這一層不用我說了，你當能比我更為明白。我不願對於我的妻子有不滿意的說話，但我又怎能欺騙自己，說我的夢想是實現了呢？我既娶了妻子，自當盡我丈夫的責任，但我心中總有一角之地，是不能給她的。」[40]後來，雖然瓦德認為該段話不合交情並未列入，但在寄出的信上卻又說：「你是獨身的，我是結了婚的，該受憐憫的，似乎不該是我罷。但是洛綺思，我仍是該受你的憐憫的。你是慧心人，我又何用多說呢？求你可憐我，不要把我拋棄罷。」[41]

瓦德分明是有腳踏兩條船的意味，不但不忠於他的妻子，也對不起洛綺思的感情，因為，這給洛綺思留下了一個想像的空間。一方面洛綺思覺得因她決定解除婚約，而讓瓦德在急不擇偶的情況下，選擇了一個志行不相類的女子結婚，心中不免有些許的罪惡；另一方面，也在心中留下了很大的一個位置給瓦德，所以才會日有所思，夜有所夢地在她功成名就時，做了那一場有瓦德，有他們的愛的結晶的美夢。

在新舊時代交替的過渡時期，我們從洛綺思身上見到了當時女性知識份子在事業與婚姻無法兩全兼顧的艱難處境。對於洛綺思這樣一個理智重於感情的人物，她做出了「超女性」的選擇。對於女性的感覺，女性的智慧，女性的事業心與家庭觀，還有種種加諸在她們身上的不公平的對待，在洛綺思的身上得到了正視，藉此也可看出五四時期兩性關係的變遷。

---

[40] 同註三九，頁八十五。
[41] 同註三九，頁八十七。

　　在中國現代文學史的長河中，我們可將這篇小說視為女性文學中女性正視自我事業的啟蒙代表作之一。

　　再來看盧隱〈前塵〉裡的女主人公是個還在新婚蜜月期的知識女性，可是她卻沒有該有的喜悅，反而有著淡淡的憂愁和哀傷，因為她覺得婚姻束縛了她的靈魂——「什麼服務社會？什麼經濟獨立？不都要為了愛情的果而拋棄嗎？」[42]

　　她記得表哥曾勸她：女孩子何必讀書，學煮飯、帶小孩就夠了，當時她十分氣憤，可是目前這種地步，她是不是能爭一口氣，把事業和家庭兼顧好呢？

　　她想起朋友曾勉勵她：「努力你前途的事業！許多人都為愛情而征服的。都不免逆於安樂，日陷於墮落的境地。朋友啊！你是人間的奮鬥者。萬望不要使我失望，使你含苞未放的紅花萎落！……」[43]

　　盧隱另一篇〈何處是歸程〉裡的有夫有子的沙侶，羨慕她獨身的好友和妹妹「一別四年的玲素呵！她現在學成歸國，正好施展她平生的抱負。她彷彿是光芒閃爍的北辰，可以為黑暗沉沉的夜景放一線的光明，為一切迷路者指引前程。哦，這是怎樣的偉大和有意義！唉，我真太怯弱，為什麼要結婚？妹妹一向抱獨身主義，她的見識要比我高超呢！現在只有看人家奮飛，我已是時代的落伍者。十餘年來所求知識，現在只好分付波臣，把一切都深埋海底吧。」[44]

---

[42] 同註二一，頁一四四。
[43] 同註二一，頁一四四～一四五。
[44] 同註二一，頁二五七。

　　沙侶對婚姻抱持著悲觀的態度，婚後家務的操勞、子女的教養，使得她無法貢獻社會，發揮所學，她不禁排除了感情的因素說，男人「是為了家務的管理，和欲性的發洩而娶妻。」[45]

　　但是，婚姻像圍城，在外面的人想進去，在裡面的人想出來。她們談起不婚的姑姑，想起她的落寞與消極，覺得她一定後悔沒有及時結婚，所以，究竟何處是女人的歸程呢？就像〈勝利以後〉裡的肖玉抱著滿月的女兒紅著眼睛對瓊芳說：「還是獨身主義好，我們都走錯了路！」[46]

　　為什麼這麼說呢？當她們和家庭奮鬥，一定要為愛情犧牲一切時，是何等的氣概，而今總算都得到勝利後，原來依舊是苦多於樂──「冷岫是深山的自由鳥，為了情愛陷溺於人間愁海裡，這也是她奮鬥所得的勝利以後呵！──只贏得滿懷淒楚，壯志雄心，都為此消磨殆盡呵！說到這裡，由不得我不嘆息，現在中國的女子實在太可憐了。」[47]

　　的確是，這些女性好不容易可以受教育，有了謀生的能力，也想努力在婚姻中兼顧家庭和事業，但並不是容易如願的。擔任教職工作的瓊芳說：「我覺得女子入了家庭，對於社會事業，固然有多少阻礙，然而不是絕對沒有顧及社會事業的可能。」[48]可是，她現在所愁的不是家庭放不開，而是社會沒有事業可作：

---

[45] 同註二一，頁二五九。
[46] 同註二一，頁二三五。
[47] 同註二一，頁二三四。
[48] 同註二一，頁二三一。

按中國現在的情形，剝削小百姓脂膏的官僚，自不足道，便是神聖的教育事業，也何嘗不是江河日下之勢？

至於除了教育以外，可作的事業更少了，——簡直說吧，現在的中國，一切都是提不起來，用不著說女子沒事作，那閒著的男子——也曾受過高等教育的，還不知有多少呢？這其中固然有許多生成懶惰，但是要想作而無可作的份子居多吧？[49]

五四時期已有不少女性走出家庭進入社會，謀求經濟獨立，其職業領域有擴大的趨勢。但因為舊傳統觀念，再加上當時社會腐敗的影響，女性無論是在謀職或職業的待遇上，多少都會受到歧視，這也是當時婦女問題中所迫切解決的。

## 參、結語

五四時期以來，接受過教育洗禮的女性，發現長輩代訂婚姻的弊病，她們強烈掙脫包辦婚姻，期待在公開的社交場合中，能找到合意的另一半，但有的因為認知不清，感情遭到欺騙，受傷更深；而有的無法掙脫包辦婚姻的女性，一旦面臨婚姻危機，又可能因為傳統的貞操觀以及經濟獨立的問題，面臨痛苦的境地；有的在事業上有所成就的女性，便會衡量愛情與事業的取捨，但無論選擇哪一方對女性而言都是一種缺憾。

---

[49] 同註二一，頁二三二。

　　從以上「現實處境」方面來看五四時期婚戀小說中的女性，是很能展現女性的性別特質的，因為，此次女性文學強而有力的發展都是在思想大解放的基礎上實現的，因此，女性的思維特性和性格氣質，特別容易被開掘，我們見到在社會轉型下，女性現代意識的覺醒弘揚，其中凸顯了女性在男權文化中的性別歧視所產生的女性壓抑及其困擾，還有女性受壓迫的經驗，及其造成此壓迫的社會現象。

　　此外，在超越女性壓抑之外，女作家剖析女性的精神世界，讓筆下的女性從性別差異去審視自身並觀察其所處的環境。獨特的女性心理和生理體驗，讓我們見到了當時女性在愛情與婚姻中的自我發現與認識，以及她們勇敢面對兩性共同的生存世界的事實。

（原載於〈從現實處境看五四時期女性婚戀小說中的女性〉，
《崇右學報》，二○○二年一月，第八期。）

國家圖書館出版品預行編目

異彩紛呈：大陸新時期女性小說賞讀 / 陳碧月
著. 一版. --臺北市：秀威資訊科技，
2007.08
　　面；　　公分. —(語言文學類；AG0074)

ISBN 978-986-6732-07-2 (平裝)

1. 中國小說 2. 現代小說 3. 女性文學 4.
文學評論

820.9708　　　　　　　　　　　96016414

語言文學類　AG0074

# 異彩紛呈：大陸新時期女性小說賞讀

作　　者 / 陳碧月
發 行 人 / 宋政坤
執行編輯 / 林世玲
圖文排版 / 張慧雯
封面設計 / 林世峰
數位轉譯 / 徐真玉　沈裕閔
圖書銷售 / 林怡君
法律顧問 / 毛國樑　律師
出版印製 / 秀威資訊科技股份有限公司
　　　　　台北市內湖區瑞光路 583 巷 25 號 1 樓
　　　　　電話：02-2657-9211　　　傳真：02-2657-9106
　　　　　E-mail：service@showwe.com.tw
經 銷 商 / 紅螞蟻圖書有限公司
　　　　　台北市內湖區舊宗路二段 121 巷 28、32 號 4 樓
　　　　　電話：02-2795-3656　　　傳真：02-2795-4100
　　　　　http://www.e-redant.com

2007 年 9 月 BOD 一版
定價：270 元

# 讀　者　回　函　卡

感謝您購買本書，為提升服務品質，煩請填寫以下問卷，收到您的寶貴意見後，我們會仔細收藏記錄並回贈紀念品，謝謝！

1. 您購買的書名：_____

2. 您從何得知本書的消息？

　　□網路書店　□部落格　□資料庫搜尋　□書訊　□電子報　□書店

　　□平面媒體　□ 朋友推薦　□網站推薦　□其他_____

3. 您對本書的評價：(請填代號　1.非常滿意 2.滿意 3.尚可 4.再改進)

　　封面設計____　版面編排____　內容____　文/譯筆____　價格____

4. 讀完書後您覺得：

　　□很有收獲　□有收獲　□收獲不多　□沒收獲

5. 您會推薦本書給朋友嗎？

　　□會　□不會，為什麼？_____

6. 其他寶貴的意見：_____

　　_____

　　_____

　　_____


## 讀者基本資料

姓名：_____　年齡：_____　性別：□女 □男

聯絡電話：_____　E-mail：_____

地址：_____

學歷：□高中(含)以下　　□高中　□專科學校　　□大學

　　　□研究所(含)以上 □其他_____

職業：□製造業 □金融業 □資訊業 □軍警 □傳播業 □自由業

　　　□服務業 □公務員 □教職　□學生 □其他_____

- - - - - - - - - - - - - - - - - - - - - - - - - - - - - - - - - - - - -

(請沿線對摺寄回,謝謝!)

## 秀威與 BOD

BOD（Books On Demand）是數位出版的大趨勢，秀威資訊率先運用 POD 數位印刷設備來生產書籍，並提供作者全程數位出版服務，致使書籍產銷零庫存，知識傳承不絕版，目前已開闢以下書系：

一、BOD 學術著作—專業論述的閱讀延伸
二、BOD 個人著作—分享生命的心路歷程
三、BOD 旅遊著作—個人深度旅遊文學創作
四、BOD 大陸學者—大陸專業學者學術出版
五、POD 獨家經銷—數位產製的代發行書籍

BOD 秀威網路書店：www.showwe.com.tw
政府出版品網路書店：www.govbooks.com.tw

　　　永不絕版的故事・自己寫・永不休止的音符・自己唱